U0822971

Marguerite Duras

玛格丽特·杜拉斯

(1914—1996)

法国小说家、剧作家、电影导演，本名玛格丽特·多纳迪厄，作品涵盖小说、随笔、剧本、电影等多种形式，以《情人》获得法国龚古尔文学奖，以《广岛之恋》和《印度之歌》等赢得国际声誉。早期作品形式古典，后逐渐打破传统叙事方式，并赋予心理分析的内涵，给艺术带来了革新。

Marguerite Duras

玛格丽特・杜拉斯

Hiroshima mon amour

Marguerite Duras

广岛之恋

[法]玛格丽特·杜拉斯 著
谭立德 译

上海译文出版社

目 录

剧情

一九五七年夏天，八月，广岛。

一个三十岁左右的法国女子在这座城市里。她是来参加拍摄一部关于和平的影片，她在影片中扮演一个角色。

故事发生在这个法国女人回国的前夕。她在其中扮演角色的这部影片实际上已近完成。只剩下一组镜头要拍摄。

就在她回法国的前夕，这个在影片中始终未提及名字的法国女人——这个无名妇女——将遇到一个日本人（工程师或建筑师），他们之间产生了一段过眼云烟的恋情。

影片中，他们如何相遇并不清楚明了。因为问题不在这儿。世界上到处都有萍水相逢的事。

重要的是这些常有的相遇之后所发生的事。

影片开始时，观众见不到这对邂逅的人。看不见她。也看不见他。见到的是一些残缺不全的躯体——被齐头齐腰截去的部分——在蠕动着——在欲海情焰或在临终挣扎中蠕动着——上面相继盖满了灰烬、露珠、原子弹的死亡阴霾——和情欲得到满足后的汗水。

他们的身体只是渐渐地从这些未定型的、朦朦胧胧的躯体中展现出来。

他们双双躺在一家旅馆的房间里。他们一丝不挂。光滑的身体，完好无损。

他们在谈论什么？正是在谈论广岛。

她对他说，她在广岛看见了一切。观众看到了她所见的景象。这些景象可怕至极。然而，他的意见是否定的，认为这些景象是骗人的，他客观地、令人难堪地重复说，她在广岛什么也没见到。

他们初次交谈的话题是富有寓意的。总之，这是一种歌剧对白式的谈话。谈论广岛是不可能的。人们所能做的就是谈谈不可能谈论广岛这件事。对于广岛的了解，在影片一开始便作为类似头脑中的幻觉提出来。

这个开端，这一系列在一张旅馆的床上被回忆起来的、已经在广岛举行过的纪念那桩惨剧的官方活动，这亵渎的追忆，都是故意安排的。人们到处都可以谈论广岛，甚至在偶然相遇而一见钟情的男女之间，在他们发生私情的旅馆的床上。影片中这两位真正热恋的男女主人公的身躯，使我们想到了这一点。如果说有什么亵渎的事，真正的亵渎行为，就是广岛本身。没有必要虚伪和回避问题的实质。

尽管向观众展示的广岛的历史遗迹很少，只是一个虚无空洞的遗迹所具有的少得可怜的残余，然而，观众想必能从这追忆中解脱出来，消除偏见，做好准备来聆听那将要向他们讲述的有关我们两位主人公的故事。

好，就这样回到他们的故事上来。

一个平淡无奇的故事。这种故事每天都会发

生，成千上万，层出不穷。日本男人已经结婚成家，有了孩子。法国女人也是有夫之妇，也有了两个孩子。他们一夜风流。

但是，在哪儿呢？在广岛。

这种拥抱是如此寻常，如此普通，却发生在世界上一座最难以想象得到的城市：广岛。在广岛，一切都不是“已知的”。一种特殊的光晕映照于每个手势，每句话，使其具有超出字面意义的弦外之音。这是影片的主要意图之一，它打破了用恐怖来描绘恐怖的手法，因为，这种手法已被日本人用过，而是使这种恐怖在劫后的灰烬中获得新生，并与一种必须是独特的而又“令人赞叹”的爱情糅合在一起。然而，如果影片是在世上任何别的地方，是在某个没有经受过这种惨绝人寰的死亡的地方拍摄，那效果就不同，观众将会更信服这部在广岛拍摄的影片。

这两个来自不同国度的人，他们在哲学理念、历史背景、经济状况和人种等方面都大相径庭，广岛却是他们共有的场所（也许是世界上惟一的场所？）。在那儿，性欲、爱情、不幸，这些人类普遍具有的东西都淋漓尽致地表现了出来。广岛以外的任何别的地方都能容忍虚假。而在广岛却不然，“虚假”是无法存身、被拒之门外的。

在朦胧的睡意中，他们还在谈论广岛。以不同的方式。他们欲火中烧，也许正怀着不知不觉滋生的爱情。

他们的对话既涉及他们自己，也涉及广岛。他们的话题相互融合，纵横交错，因此，从那时起，在关于广岛的歌剧对白式谈话之后，这些浑然一体的话题已难以辨别。

尽管他们个人的故事如此简短，但总是占着优势而压倒广岛的故事。

如果不坚持这个前提条件，那么，这部影片只能又是一部“遵命”电影，索然寡味，不过是一部小说化的纪录片罢了。如果坚持了这个前提，那就将摄制成一部类似杜撰的纪录片，而在吸取广岛事件历史教训方面却要比一般的新闻纪录片更具有说服力。

他们睡醒了。在她穿衣时，他们又谈论起来。他们谈东说西，也谈起了广岛。为什么不呢？这是自然而然的。我们正是在广岛嘛。

突然，她穿着一身红十字会护士服出现在眼前。

见她这身打扮，这简直是一套表现传统美德的制服，他重又渴望得到她。他希望再见到她。他同所有的人一样，确切地说，同所有的男人一样。这类乔装正经的打扮含有一种对所有男人都会产生诱惑力的色情因素。（一次永恒战争中的永恒护士……）

那么，为什么她同样需要他，却又不愿再见到他呢？她并没有讲清理由。

醒来后，他们也谈到了她的过去。

在内韦尔，她的家乡，在她长大成人的涅夫勒省究竟发生过什么？在她的生活中究竟发生过什么使她变成现在这样：既放荡不羁又拘谨不安，既正直善良又虚伪无礼，态度既如此暧昧又如此明朗？为什么如此渴望经历萍水相逢的恋情？而面对爱情却又如此懦弱胆怯呢？

她告诉他，有一天，她曾在内韦尔发疯。她凶狠得发疯了。她叙述这件事如同叙述她从前在内韦尔聪明果断一样。完全一个腔调。

她只字未提这内韦尔“事件”是否就能解释眼前她在广岛的行为。她宛如在讲别的事情那样叙述内韦尔“事件”。并不说明原因。

她走了。她决定不再见他。

但是，他们将再见面。

下午四点钟。广岛的和平广场（或在医院门口）。

摄影师们正离开现场（影片中，我们总是只看见他们带着器材离去）。有人在拆卸看台，摘掉悬挂的小旗。

法国女人（也许）在被人拆卸的看台阴凉处呼呼入睡。

人们刚拍完一部颇有教益的有关和平的影片。这绝不是一部荒谬可笑的电影，而是又一部电影罢了。如此而已。

一群人再次顺着为刚拍完的那部影片而设置的布景涌过来，一个日本男人穿过人群。这个男人就是我们上午在旅馆的房间里见到的那位。他看见法国女人便收住脚步，然后，向她走去，瞧着她熟睡。他的目光惊醒了她。他们四目相视，彼此都强烈地渴望得到对方。他并非偶然来到此地。他是为了再见到她而来的。

几乎在他们刚刚重逢时，就开始了游行。这是影片的最后一组镜头。孩子们的队伍，学生的队伍。狗。猫。逛马路的人。整个广岛都出动了，其盛况就像历次举行有利于世界和平的活动时一样。游行队伍已变得光怪陆离。

天气非常炎热。天空乌云密布，暴风雨即将来临。他们等待游行队伍走过。就在这等待的时候，他告诉她，他认为自己爱上了她。

他把她带到他家。他们简要地谈一下各自的生活。

他们的婚姻都很美满，无需寻求什么别的东

西来弥补夫妻生活的不幸。

就是在他家，在做爱时，她对他谈起了内韦尔。

她还是离开了他家。“为了消磨她动身前的那段时光”，他们到一家临水而立的咖啡馆去。夜色已浓。

他们在那儿又逗留数小时。离翌晨她搭乘的班机起飞时间越来越近，他们的爱却越来越深。

就是在这座咖啡馆里，她告诉他自己曾在内韦尔发疯的原因。

一九四四年，正值她二十岁，在内韦尔，她被剃成光头。她初恋的情人是德国人。在法国将解放时被杀死。

她光着头待在内韦尔的一个地下室里。就在广岛事件发生时，她才变得像样些，能走出地下室，来到街上，混入兴高采烈的人群中。

为什么选择了这么一段个人的不幸经历呢？无疑，因为它本身同样是一种绝对。就因为一个姑娘爱上了国家的法定敌人而把她剃成光头，这是件绝对可怕而愚蠢的事。

我们看见了内韦尔，就像在他房间里已经见到的那样。他们又谈起他们自己。又一次交错重叠地出现内韦尔及其爱情场面和广岛及其爱情场面。一切都糅合在一起，并没有什么预想的原则，而是以一种随时随地都会发生这类混合的方式进行，在这些场面中，初恋的情人总是喁喁情话，说个不休。

她又走了。她又一次避开他。

她试图回到旅馆稳定一下情绪，但是，她做不到；她又走出旅馆，返回那已经打烊的咖啡馆。她待在那儿。回忆起内韦尔（内心独白），也就是回忆起爱情本身。

那个男人跟随在她身后。她意识到了。她盯着他。他们怀着深深的爱恋互相凝视着。这场短命的爱情就像内韦尔的爱情那样，也将被扼杀。因此，它已经注定要被遗忘。因此，它是永恒的（因为它被遗忘本身所维护）。

她没有同他再叙恋情。

她漫步穿过大街小巷。而他尾随在后，犹如在跟随一位素昧平生的女子。到了一定的时候，他追上她，像在说旁白似的要求她留在广岛。她说“不”。如同所有的人那样拒绝了。她有着一切人所共有的怯懦①。

的确，对他们来说，大局已定。

他不再坚持。

她信步走向车站。他追上她。他们俩像幽灵般四目相视。

从那时起，他们不再交谈片言只语。她动身在即，这使他们陷入凄凉阴郁的沉默中。

这就是爱情。他们只能缄默不语。最后一场戏发生在一个咖啡馆里。观众将看到她同另一个日本男人在一起。

我们看到她所爱的那个男人坐在一张桌子

---

① 有些看过本片的观众认为她“最终”还是留在广岛。这是可能的。我没什么意见。既然已经安排她拒绝留在广岛，我们就不必一心想知道——影片结束时——她是否会违反这个意思。——原注

旁，纹丝不动，除了深深的绝望，他没有任何其他的反应。这种绝望的情绪在肉体上已超出他所能承受的，而他也只能逆来顺受。就仿佛她已“另有所属”。而他却只能对此表示理解。

黎明时分，她回到自己的房间。过了几分钟，他来敲门。他不能自持，不能避而不来，他抱歉地说：“我不可能不来。”

在房间里，什么也没有发生。他们俩都陷入束手无策的可怕境地。“世俗秩序”的成规还存在着，他们再也不去扰乱他们周围的正常秩序。

他们没有互诉衷肠。再也没有任何举动。

他们只是又一次互相呼唤。呼唤什么呢？内韦尔，广岛。事实上，在彼此心目中，他们仍然谁也不是。他们只拥有地名，这些不是姓名的名字。就好像一个在内韦尔被剃了光头的女子的灾难与广岛的灾难准确地互相映衬。

她对他说：“广岛，这就是你的名字。”

前言

我力求尽可能最忠实地陈述我为阿伦·雷乃导演的《广岛之恋》所做的工作。

但愿读者不要对阿伦·雷乃设计的画面在这项工作中没有被如实描绘出来而感到惊讶。

我的职责只限于把雷乃作为出发点来导演影片的那些因素加以阐述。

不属于原始脚本（一九五八年七月）的有关内韦尔的那些段落，是影片在法国摄制（一九五八年十二月）前加上注释的。所以，那是独立于脚本的工作（请看附录：静夜阐释）。

我认为保留一部分在影片中摒弃不用的东西是有必要的，它们能有效地阐明最初的设想。

我把这项工作交给出版社，很遗憾没能用

上我们——一方面是雷乃和我，另一方面是热拉尔·雅尔洛[1]和我，还有雷乃、雅尔洛和我三人一起——几乎每天分析脚本的谈话内容来充实它。

我从来不能没有他们俩的忠告，每当我写完一段情节，总要请他们过目，听取他们严厉的同时又是清晰的、卓有见识的批评，然后再着手撰写另一个情节。

玛格丽特·杜拉斯

① Gérard Jarlot，影片的文学顾问。

第一部

[影片开始时，**比基尼**[①]核试验基地上臭名昭著的“蘑菇”云在翻滚升腾。

应该让观众既有初次看到，又有再度看到这股“蘑菇”云的感觉。

“蘑菇”云应该非常雄浑、硕大，成长得十分缓慢，并由乔万尼·菲斯哥的乐曲的开头几个节拍伴奏，烘托出它的翻滚升腾。

随着这股“蘑菇”云在银幕上升腾而起，烟云下面][②]，渐渐呈现两个赤露的肩膀。

观众只看见这两个肩膀，是被齐头齐腰截去的部分躯体。

这两个肩膀紧紧搂着，上面沾满了灰烬、雨水、露珠或汗水，任人随意想象。

关键在于让人感到这露水或汗水是由［比基尼核试验基地上的］“蘑菇”云在升腾飘逝的过程中洒下的。

这一画面势必造成一种非常强烈、非常矛盾的感觉，既感到清新，又陡生欲念。

两个紧搂的肩膀肤色各异，一深一浅。

菲斯哥的音乐伴随着这一几乎令人反感的紧搂动作。

两只不同的手的差异应该十分明显。

菲斯哥的音乐由强到弱，渐渐隐去，一只［经特写镜头而显得很大的］女人的手放在黄皮肤肩膀上，不再动弹，所谓“放”只是一种说法而已，“抓”似乎更确切些。

一个沉浊而又平静的男人的嗓音如朗诵般响起：

---

① Bikini，马绍尔群岛最北端的一个珊瑚岛，一九四六年被美国辟为核试验基地。

② 导演阿伦·雷乃在拍摄本片时对剧本作了删改，方括号中的字句均被删去。——原注

他

你在广岛什么也不曾看见。一无所见。

这句话可以随意运用。

一个十分沙哑，也很沉浊的女人的嗓音，似背诵那样没有抑扬顿挫地回答：

她

我都看见了。毫无遗漏。

菲斯哥的音乐重又响起，此时，女人白皙的手正好又在肩膀上捏紧，松开，爱抚着，并在这黄色肩膀上留下了几个指甲印。

仿佛这指甲的印痕能暗示出，它是对“不，你在广岛什么也不曾看见”这句话的一种惩罚。

然后，女人的声音重又响起，这声音依

她

我曾四次去博物馆……

他

广岛的哪个博物馆?

她

在广岛，我曾四次去博物馆。我看见一些人在那里徘徊。因为没有别的东西，人们若有所思地在一幅幅照片和一件件复制品之间徘徊；因为没有别的东西，只能在一幅幅照片、一幅幅照片和一件件复制品之间徘徊；因为没有别的东西，只能在解说牌之间徘徊。

在广岛，我曾四次去博物馆。

我瞧见了游人。我自己也思绪万千地观看了钢筋。经战火焚烧的钢筋。被炸断了的钢筋，变得像肉体那样不堪一击的钢筋。我见到了成束的胞膜：谁会往这方面想呢？那是一张张飘飘荡荡、残存的人皮，还带着清晰的蒙难的痕迹。我看见了一些石块。被烈火烧焦的石块。被炸裂的石块。还有一些不知是谁的一缕缕发丝，那是广岛的妇女们清晨醒来时发现已全部掉落下来的头发。

我在和平广场感到酷热难当。和平广场上热得足有一万度。这我知道。这就是和平广场上太阳的温度。对此，怎能一无所知呢？……至于草儿，那就不消说了……

他

你在广岛什么也不曾看见，一无所见。

博物馆的画面始终在一一展现。

然后，镜头从一幅被烧焦了的头盖骨照片闪到和平广场（广场与这个头盖骨的画面重叠)。

博物馆的展品连同被烧焦的人物模型。

一组有关(回顾)广岛的日本影片的镜头。

蓬头散发的男人。

一名妇女从混乱中冲出,等等。

她

复制品做得尽可能逼真。

影片拍摄得尽可能逼真。

那幻景,显而易见的,是那样逼真,以至游客都潸然泪下。

人们依然会满不在乎,然而,面对此情此景,一个游客除了哭泣,还能做什么呢?

她

[……仅仅是哭泣而已,以便忍受所见所闻

中的这番惨景。还有，伤心够了走出博物馆，却还不至于丧失理智。]

她

[游客在那里驻足沉思。我们想必可以说，凡能发人深思的种种机会总是精心炮制的，这么说并无丝毫讽刺的意思。然而，那些纪念性建筑，尽管人们有时会对它们一笑了之，却是这些机会的最好借口……]

她

[在这些发人深思的机会……通常，用这种豪华的排场把发人深思的机会提供给你们时，你们倒反而什么也不想了……这是千真万确的。尽管如此，假设别人正在沉思默想的这一景象还是挺鼓舞人的。]

她

我始终在为广岛的命运而哭泣。始终在哭泣。

银幕上映出一张根据一幅照片拍摄而成的广岛全景。这幅照片系广岛经过原子弹浩劫后所摄，那是一片不同于地球上其他沙漠的“新型荒漠”。

他

不。

你竟会为此而伤心流泪?

闪现出和平广场的画面。在夺目的阳光下，广场上空空荡荡，这炎日使人回想起炫目的原子弹火球。然而，在这片空寂处，再一次响起了男人的声音。

有人（在午后一点钟？）在这空空荡荡的广场上游荡。

一九四五年八月六日以后摄制的新闻纪录片进入画面。

蚂蚁、蚯蚓纷纷钻出地面。

继续交替映出两个肩膀的画面。女人的声音重又响起，这声音变得惊慌失常，与此同时，一幅幅画面也变得凌乱、快速，异常疯狂。

她

我看了新闻纪录片。

第二天，这是史料记载，并非我胡编乱造，从第二天起，一些有名有目的动物重又从地底下和灰烬深处钻了出来。

一些狗被照了相。

从此要流芳百世了。

我都看到了。

我看了新闻纪录片。

我看过这些影片。

第一天的影片。

第二天的影片。

第三天的影片。

他（打断她的话）

你什么也没有看见。一无所见。

一条断肢残体的狗。

人群、儿童。

伤口。

被烧得哇哇号叫的儿童。

她

……还有第十五天的影片。

广岛重又遍地鲜花。到处是矢车菊和菖兰，

还有牵牛花和三色旋花，这些花以花卉中迄今未见的非凡活力从灰烬中复活。①

她

我丝毫没有胡编乱造。

他

这一切，全是你胡编乱造。

她

丝毫没有。

如同这种在爱情中的幻觉，这种使人永远不会忘怀的幻觉还存在那样，在广岛面前，我同样

① 这句话几乎是只字不漏地从埃尔歇那篇关于广岛的出色报道中抄来的。我只不过是把它转用到殉难的儿童身上而已。——原注

也产生了我将永远忘怀不了的幻觉。

如同在爱情中那样。

外科手术钳接近一只眼睛，要把它挖出来。

新闻纪录片在继续播放。

她

我也见到了广岛的一些死里逃生的人和当时还在娘胎里的婴儿。

一个俊美的男孩朝我们转过脸来。我们看到的却是个独眼童。

一个皮肤烧伤的少女在对镜自怜。

另一个双手扭曲的盲女在弹奏齐特拉琴。

一位妇女在奄奄一息的儿女们身旁祈祷。

一个男人因若干年来无法入睡而备感痛苦。（有人每周一次领他的孩子来探望他。）

她

我看见了广岛的一些暂时的幸存者以耐心、无辜和明显的温顺，顺从了如此不公正的命运，以至他们平时极为丰富的想象力已在这残酷的现实面前泯灭了。

镜头总是摇回到两个尽情搂抱的躯体上来。

她（低声）

听……

我知道……

我全都知道。

那种事还在继续。

他

你什么也不知道。

原子弹的烟云。

原子弹的碎屑在飞舞。

街上，人们在雨中行走。

遭受原子辐射的渔夫们。

一条不能食用的鱼。

成千上万条不能食用的鱼被埋在地下。

她

女人们恐怕会生育畸形儿，乃至怪物，但那种风流事还继续干。

男人们恐怕会患上不育症，但风流事还继续干。

下雨令人害怕。

太平洋水面上尘雨阵阵。

太平洋上的渔民们死于非命。

太平洋的水致人死命。

食物令人心生恐惧。

一座城市的居民把全城的食物都扔掉。

许多城市的居民把全城的食物都埋在地下。

整座城市的居民义愤填膺。

许多城市的居民都义愤填膺。

新闻纪录片的镜头：示威游行的队伍。

她

全城上下的愤怒是针对谁呢？

各座城市的居民，不管他们同不同意，原则上都是冲着某些国家的人欺凌别国人的不平等行径在发怒，冲着某些人种欺压其他人种的不平等行径在发怒，冲着某些阶级欺压其他阶级的不平等行径在发怒。

示威群众的游行队伍。

扩音喇叭发表的“无声”的演说。

她（低声）

……听我说。

和你一样，我会遗忘的。

他

不，你不会遗忘。

她

和你一样，我记忆力很好。但我会遗忘一切。

他

不，你记忆力不好。

她

和你一样，我也曾经试图竭尽全力同遗忘作斗争。和你一样，我忘记了一切。和你一样，我曾经渴望拥有一段难以慰藉的回忆，一段对影子和碑石的回忆。

“被拍摄下来”的影子映在广岛一位死难者的墓碑上。

她

为了我自己，我曾竭尽全力，每天同那种根本不再懂得为何要回忆往事的恐惧心理作斗争。和你一样，我忘记了……

在一些店铺里摆着一百来个被炸毁的工业馆的模型；工业馆是仅剩的一座纪念性建筑，它那扭曲了的屋架在轰炸后依然耸立着——从那以后，就这样被保存了下来。

一爿被遗弃的店铺。

日本游客的游览客车。

游客，和平广场。

穿越和平广场的一只猫。

她

记忆显然是必不可少的，为什么要否认呢？……

这句话伴随着工业馆残骸的画面如朗诵般响起。

她

……听我说。我还知道。这种惨剧还将重演。

二十万人死于非命。

八万人受伤。

这一切发生在九秒钟内。这些数字是官方公布的。这种惨剧还将重演。

成荫的树木。

教堂。

驯马场。

重建的广岛。平庸的景物。

她

地面上的温度将高达一万度。就像有一万个太阳在照耀。沥青将会燃烧。

教堂。

日本式的祈求。

她

将是一片极度的混乱。整个城市将被从地面掀起，然后，崩塌成灰烬……

一片沙土。一包“和平”牌香烟。一棵肥厚的植物犹如蜘蛛一般趴在沙土上。

她

一些新生植物从沙土下破土而出……

四名“死气沉沉”的大学生在河畔聊天。

河流。

潮汐。

重建后的广岛堤岸的日常景象。

她

……四名大学生情同手足，一起在等待传奇式的死亡。

大田川的河口湾呈三角形，河口湾的七条分支在惯常的时刻里时而水枯，时而水涨；它们刚好在惯常的涨潮时间贮满了多鱼的清水；随着不同的时辰和季节，这河水时而灰混，时而清澄。此时，大田川三角形的河口湾的七条分支里潮水正在慢慢地上涨，而人们不再沿着泥泞的堤岸观赏涨潮的景色了。

朗诵般的画外音停止。

广岛的街道，依然是一条条街道。一座座桥梁。

盖顶的通道。

街道。

郊外。火车轨道。

郊外。

普通的一般性景物。

她

……我遇见你。

我记得你。

你是谁?

你害了我。

你对我真好。

我怎么会怀疑这座城市生来就适合恋爱呢?

我怎么会怀疑你天生就适合我的肉体呢?

你中我的意。多了不起的事情。你使我高兴。

突然，何等的缓慢。

何等的温柔。

你不可能明白。

你害了我。

你对我真好。

你害了我。

你对我真好。

我有时间。

我求你了。

吞噬我吧。

把我弄得变形，直至丑陋不堪。

你为什么不这样？

在这座城市里，在今夜这个与别的夜晚何其相似的良宵，你为什么不这样？

我求你了……

猛然间，画面上出现一张十分温柔的女人的脸，这张脸向男人的脸伸去。

她

你的皮肤真是太好了。

男人发出一声幸福的呻吟。

她

你……

日本男人的脸在欣喜若狂的笑声中随着女人的脸出现在银幕上，他笑得让人无法形容。他转过身来。

他

我，是的，你会把我看得一清二楚。

两个裸露的身躯呈现出来。与刚才相同的女人的声音响起，十分低沉，但这一次并不带有朗诵似的夸张腔调。

她

你是地地道道的日本人，或并不完全是日

本人?

他

我是地地道道的日本人。

他

你有一双绿眼睛。是吗?

她

哦，我想……是的……我想我的眼睛是绿色的。

他注视她。轻声说：

他

你仿佛集千名女子于一身……

她

那是因为你不了解我。就是这个缘故。

他

也许并不尽然。

她

为了你而集千名女子于一身，这倒并不使我不乐意。

她吻他的肩膀，把脑袋靠在他的肩窝里。她的脑袋侧向敞开的窗户，侧向广岛，侧向茫茫黑夜。一个男人从街上走过，在咳嗽（画面上看不见他，只听见声响）。她站起身来。

她

你听……四点钟了……

他

怎么啦?

她

我不知道这个人是谁。他每天清晨四点钟从这儿经过，而且，他还咳嗽。

静默。他们四目相视。

她

你，你当初在这里，在广岛……

他笑了起来，仿佛在笑她孩子气。

他

不……当然不在。

她又一次抚摸他赤裸的肩膀。这肩膀确实很美，从未受过损伤。

她

哦。真是……我真愚蠢。

她几乎面带微笑。

他突然盯着她，神情严肃，犹豫不决，

然后，他终于对她说了：

他

我的家，当时就在广岛。我去打仗了。

她停止抚摸他肩膀的动作。

这一次，她微笑着怯生生地问他：

她

算你走运，是吗？

他收起注视的目光，在斟酌着究竟回答“是”或“不是”：

他

是的。

她非常恳切而又确定无疑地补充一句：

她

我也很走运。

稍停片刻。

他

你为什么来广岛？

她

拍一部影片。

他

什么，一部影片？

她

我在一部影片里扮演一个角色。

他

那么，来广岛之前，你在哪儿?

她

在巴黎。

再稍停片刻，停顿的时间更长些。

他

在巴黎之前呢?……

她

在巴黎之前吗？……我在内韦尔。内——韦——尔。

他

内韦尔？

她

在涅夫勒省。你并不熟悉。

稍停。他仿佛刚刚发现广岛-内韦尔的某种关联，问道：

他

你为什么要到广岛来看这一切呢？

她尽力真诚地回答：

她

我对它感兴趣。在这方面，我有我的想法。譬如，想好好看看。我认为那是颇有教益的。

第二部

马路上，自行车成群结队，飞速而过，车声由强到弱。

她身穿浴衣，站在旅馆房间的阳台上。她瞅着他，手里拿着一杯咖啡。

他还在睡觉。他双臂交叉着，俯卧在床上。腰带以上的部分赤裸着。

［一道阳光透过窗帘射进房里，在他背上形成一个小小的光符，仿佛是两根交叉的短短直线（或两个椭圆形的斑点）。］

她异常专注地瞅着他的双手。这两只手像睡着了的孩子的手似的，有时在轻微地抖动。他的手很美，显得刚劲有力。

就在她注视这个日本男人的双手时，猛然

间，一个年轻男人的躯体浮现在他躺着的位置上，取代了他。这躯体虽然以同样的姿势躺着，但已濒临死亡，而且是躺在烈日当头的河岸上。（房间里光线十分昏暗。）这个青年奄奄一息。他的双手长得也很美，同日本人的那双手像得出奇。这两只手因临终的痉挛而抖动。［看不见该男子所穿的衣服，因为一位年轻女子正嘴贴着嘴趴在他的身上。泪水从她的眼中簌簌流下，鲜血从他的口中汩汩涌出，泪水和鲜血混合在一起。］

［女人——这个女人——紧闭着双眼。她伏在男人身上，而那奄奄一息的男人则两眼呆滞。］

画面持续的时间很短。

她背靠窗户，一动不动地保持这一姿势，正在发呆。他醒了。他冲着她微笑。她并没有立即向他报以微笑。她继续专心致志地看着他，并没有变换姿势。然后，给他端来咖啡。

她

你要咖啡吗?

他表示同意，接过杯子。稍停片刻。

她

你刚才梦见了什么?

他

我记不清了……怎么?

她恢复自然的态度，变得非常非常亲切。

她

我刚才看着你的手。你睡着时，手还在动。

现在，轮到他带着惊讶的神色看他自己的双手，也许还下意识地抖动十个指头，玩弄着。

他

人在做梦时，也许是毫无意识的。

她平静而可亲地做了个表示疑惑的手势。

她

嗯，嗯。

他们在旅馆房内浴室里一起淋浴。他们很快乐。

他把手放在她额头上，因用力较猛，以至使她的头往后仰。

他

你是个漂亮女人，你知道吗？

她

你这么认为？

他

我是这么认为的。

她

有点疲倦。不是吗？

他在她脸上捏了一下，使脸变了形。放声而笑。

他

有点丑。

她在他的爱抚下嫣然而笑。

她

没事儿吧?

他

这正是我昨天在咖啡馆注意到的。你丑的模样。还有……

她(显得非常轻松)

还有什么?……

他

还有你厌烦的神色。

她对他做了个表示好奇的动作。

她

再给我说说……

他

你厌烦的模样让男人产生一种想要认识一个女人的欲望。

她莞尔一笑，垂下眼帘。

她

你法语讲得很好。

他的语气十分高兴：

他

是吗？我很高兴，你终于发觉我法语讲得挺好。

稍停片刻。

他

可我，我原先并没注意到你不会讲日语……

你是否发现，人们总是在相同的感觉中觉察到一些事物？

她

不，我发现了你，仅此而已。

笑声。

洗完澡，头发湿漉漉的，她从容地吃苹果。身上穿着浴衣。

她走到阳台上，瞧着他，伸伸懒腰，然后，仿佛要“弄清”他们的处境，怀着一种文字游戏的“乐趣”，慢条斯理地说。

她

在——广岛——相识。这种事并非天天都有。

他已经穿好衣服（只穿衬衫，敞着领子），到阳台找到了她，坐在她对面。

稍作犹豫，问道：

他

你在法国时，广岛对你意味着什么？

她

战争结束，我想说战争彻底结束，……想到他们居然敢……我就惊慌失措……想到他们居然成功了，同样惊慌失措。然而，对我们来说，也是一种未知的恐惧的开始。然后，麻木不仁，而又害怕麻木不仁……

他

那时，你在哪儿？

她

我刚离开内韦尔。我在巴黎。在马路上。

他

内韦尔，这可是个好听的法国地名。

她并没有立即答话。

她

跟别的地名一样。跟城市一样。

她离去。

他坐在床上，点燃一支烟，目不转睛地瞅

着她。

[她穿衣的身影时而投在他的身上。这时，她的身影正好落在他的身上。] 他问道：

他

你在广岛结识了许多日本人？

她

啊，结识了一些，是的……但像你这样的……（断然地）却没有……

他微微一笑。神情快活。

他

我是你平生第一个日本情人？

她

是的。

能听见他的笑声。她在梳洗中又走了出来，并（一板一眼地）说：

她

广——岛。［我必须闭上眼睛才能回忆起来……我想说，在来这里之前，我在法国是怎样记起广岛的，我那时想起了它。伴随着回忆，总是有一个相同的经历。］

他垂下眼睛，十分平静。

他

那时候，全世界的人都欢欣雀跃，你也和全

世界的人一样高兴吧。

用同样的语气继续说。

他

我听说，那天在巴黎是一个美妙的夏日，不是吗?

她

是的，那天天气很好。

他

当时，你多大?

她

二十岁。你呢?

他

二十二岁。

她

年龄相当，是吧?

他

总之，差不离。

她穿好衣服走了出来，此时，她正在把护士帽戴正（因为她就是以红十字会护士的身份出现的）。她猛地蹲在他身旁，或躺在他身旁。

开始日常的对话。

她

你，你平时干什么呢?

他

搞建筑。也搞政治。

她

啊，就因为这个缘故，你的法语才讲得那么好?

他

正是如此。就是为了阅读有关法国大革命

的书。

他们放声大笑。

她并不感到惊奇。要弄清他所搞的政治是绝对不可能的，要不然，她马上会被贴上标签。再说，她也会显得很幼稚。别忘记，只有左派人士才会说出他刚才所说的那番话。

事情必将立即被观众这样理解。尤其在他讲了关于广岛那番话之后。

他

你演的是什么影片？

她

一部关于和平的影片。

假如不是一部关于和平的影片，那你要我们

在广岛拍摄什么呢?

许多自行车结队而过，车声震耳。［他们又生欲念。］

他

我想再见到你。

她做了个“不”的手势。

她

明天这个时候我就要启程回法国了。

他

真的？你早不跟我说。

她

真的。（稍停）我没必要告诉你。

惊愕之余，他变得严肃起来。

他

就因为这样，你昨天晚上才让我到你房间里来的？……因为这是你在广岛的最后一天？

她

根本不是。我甚至没往那儿想过。

他

你说这话时，我真不知道你究竟是在撒谎还是在说真话。

她

我在撒谎。然而，我说的也是真话。但是，对你，我没有理由撒谎。为什么要撒谎呢？……

他

告诉我……像这类逢场作戏的事……你经常有吗？

她

不那么经常。不过，还是有的。我很喜欢男人……

稍停片刻。

她

你要知道，我的道德观念很成问题。

她微微一笑。

他

你所说的道德观念成问题指的是什么?

语气轻松。

她

怀疑别人的道德。

他大笑。

他

我想再见到你。即便飞机明天早上就起飞。即便你的道德观念成问题。

稍停片刻。爱情复萌的片刻。

她

不。

他

为什么?

她

不为什么。（恼火）

他不再吭声。

她

你不再想跟我说话了吗?

他（稍停片刻后）

我想再见到你。

他们在旅馆的走廊上。

他

你回法国哪儿? 去内韦尔吗?

她

不，回巴黎。（稍停）内韦尔，不，我永远

不再回内韦尔。

他

永远不回?

他这么说时，她做了个鬼脸。

她

永远。

脱口而出。

[内韦尔是让我伤心的一座城市。]
[内韦尔是我不再喜欢的一座城市。]
[内韦尔是使我害怕的一座城市。]

她似乎投入进去了，又补充说。

她

我一生中最年轻的时候是在内韦尔。

他

年轻时——在——内——韦——尔。

她

是的。年轻时在内韦尔。然而，在内韦尔曾一度发疯。

他们在旅馆前踱来踱去。她在等候来接她去和平广场的汽车。旅馆前是一条大街。街上行人稀少，但来往的汽车驶过，根本不停。

车声轰鸣，对话几乎是喊出来的。

她

你瞧，在这个世界上，内韦尔是我最魂牵梦萦的城市和对象，我连晚上做梦也最经常梦见它。同时，它却是我最少想念的事物。

他

你在内韦尔发疯是怎么回事?

她

你知道，疯狂就同智慧一样。是解释不清的。完全跟智慧一样。它一旦落在你身上，就占满了你的身心，那时，你就理解了它。但是，当它离开了你，你压根儿就再也理解不了它喽。

他

你那时候很凶狠吗?

她

我发疯时就是挺凶狠的。我那时真是凶疯了。我觉得可以以凶狠来干一番事业。我失去了理智，光知道凶狠待人。你明白吗?

他

明白。

她

你的确也该懂得这种事。

他

你再也没有重新犯病吗?

她

没有。已经结束了(很低声)。

他

是战争期间发生的事吗?

她

战争刚结束的时候。

稍停片刻。

他

这是战后法国人生活中所遇到的困难的一部分?

她

是的，可以这么说。

他

你那疯病是什么时候治好的?

声音太低，仿佛早就应该这么说:

她

慢慢好起来的。后来，当我有了孩子……病也就不可避免地好了……

汽车声由强到弱，恰好同话语的重要性成反比。

他

你说什么？

扯着嗓门喊，仿佛说不上来似的。

她

我说，慢慢好起来的。后来，当我有了孩子……病也就不可避免地好了……

他

我真想同你一起到某个地方待上几天。就那么一次。

她

我也这么想。

他

今天再见到你也谈不上是重逢。在如此短暂的时间内再见面，并不是朋友叙旧。我希望与你再相聚。

她

不。

她在他面前站住，一动不动，沉默不语，神情固执。

他差不多同意了。

他

好吧。

她笑了，但有点勉强。

她流露出怨恨情绪，虽然很轻微，但很真实。

出租车驶来。

她

那是因为你知道我明天要动身了。

他跟她一起笑了，但笑得不如她厉害。笑声收起，稍停片刻。

他

可能是出于这一原因。但这毕竟是理由之

一，不是吗？一想到几个小时以后就再也见不到你……永远也见不到你了……我……

汽车驶抵，停在十字路口。她做了个手势，示意马上就来。她从容不迫，瞅着日本人，说：

她

不。

他目送她离去。也许在微笑。

第三部

下午四点钟。广岛和平广场。一群扛着摄影机、聚光灯和反光屏的电影技师结队远去。一些日本工人在拆卸刚用来当作电影最后一组镜头的背景的主席台。

一点重要说明：人们将总是远远看见技师们，却始终不知道他们在广岛拍什么影片。大家总是只看到工人们正在拆卸的电影布景。[也许，至多只知道片名。]

置景工们扛着用日语、法语、德语等各种文字写就的“广岛惨剧永不重演”的标语牌，走来走去。

工人们正忙于拆卸观礼台和取下标语。我们重又在布景棚里看到那个法国女人。她在睡觉。

头上戴的护士帽半歪着。她伸着身子躺着，脑袋［靠在一块拍电影时用过的大标语牌的支柱上］［上面盖着某件东西或藏在看台的阴影处］。

大家都明白，他们刚在广岛拍好一部颇有教益、关于和平的影片。它未必是一部荒唐可笑的影片，只不过是一部具有建设性意义的影片而已。人群从刚拍好影片的广场旁走过。这股人流对拍片无动于衷。除了几个孩子，没有人围观，广岛的居民对拍摄有关广岛的影片早已司空见惯，习以为常。

然而，一个男人路过此地，他停住脚步，东张西望。此人便是我们刚才在法国女人所住的旅馆房内看到的那个日本男人。

日本男人走到护士身旁，目不转睛地看着她睡觉。日本男人的目光久久盯在她身上，末了，这逼视的目光把她弄醒了。

在这场戏里，观众也许会看到一些细节。譬如，远处有一座工业馆的模型。［一个被日本游客围住的导游］，［一对身穿白色衣服的因战争而致残的伴侣伸着脑袋在哀求施舍]，[有一家人在街角起劲地聊天]……

她醒了。倦意已消。观众一下子又堕入他们俩的私人故事里。这私人故事总是把必然带有论证色彩的广岛故事压倒。

她站起身，朝他走去。他们相视而笑，但适可而止。然后，他们重又变得神情严肃。

他

在广岛，要重新找到你真是易如反掌。

她面露幸福的笑容。

稍停片刻。他重又注视她。

两名或四名工人扛着一幅放得很大的照片从他俩中间走过，那是影片《广岛儿童》的一张巨幅剧照，剧照上展示出母亲被炸死，男孩正在硝烟滚滚的广岛的废墟上号啕大哭的场景。他们没去看这幅被人扛走的剧照。另一幅展现爱因斯坦伸舌头的照片闪过。它紧跟在那幅母子受难的剧照后面。

他

拍的是一部法国影片？

她

不，是一部国际性影片。有关和平的影片。

他

拍完了吧。

她

对我来说，是的，我的戏拍完了。他们还要拍些群众场面……还有不少肥皂广告片要拍。那……也许是努力地……

他对自己在这方面所持的观点十分自信。

他

不错，是在努力地表现。这里，在广岛，大家对和平题材的电影决不会掉以轻心。

他朝她转过身去。那几张剧照已完全在眼前消失。他们本能地相互靠拢。她重新戴正那顶打盹时弄歪的护士帽。

他

你累吗?

她撩人而又温柔地瞅着他。带着一丝明显的苦笑说:

她

跟你一样。

他带着无庸置疑的神情盯视她,对她说:

他

我想到了法国的内韦尔。

她莞尔而笑。他补充道:

他

我也想念你。

他又补充道：

他

你依旧乘坐明天的班机回国吗?

她

还是明天的班机。

他

非得明天走?

她

是的。拍片进度已经耽误了。家里人在巴黎等我已有一个月了。

她盯着他的面孔。

他慢慢地摘掉她的护士帽。（或者，她浓妆艳抹，唇膏颜色那么深，以至双唇显得发黑。或者，她略施脂粉，阳光下，显得面无血色。）

男人的举动很放肆，也很从容。观众想必会感受到与影片开始时一样的色情冲击。她和昨晚在床上一样披头散发地出现在画面上。她任凭他摘掉她的帽子，由他摆布，就像她昨晚听凭自己做爱那样。（这里，让她有一种色情方面的官能作用。）

她双目低垂，令人难以理解地撅着嘴，拨弄着地上的某个东西。

她抬起头盯着他。他非常缓慢地说话。

他

你使我产生十分强烈的爱的欲望。

她并没有立即回答。她垂下眼帘，这番话引起她内心的纷乱。是和平广场的那只猫在她脚跟前玩儿吗？她低垂着双目，也十分缓慢（同样缓慢）地说话。

她

总是……萍水相逢的……爱情……我也一样……

一样特殊的、性质不明的东西在他们之间闪过。我看见一个形状清晰的木框（与原子弹有关？），但完全说不上其用途。他们并不去看它。他说：

他

不。并不总是那么强烈的。这你知道。

远处传来一阵阵喊叫声。然后是儿童的歌声。然而，他们并不因此而分心。

她做了个令人难以理解的（用“不得体的”也许更确切）鬼脸。她又抬起眼睛，但这一次是抬头望天。然后，她擦擦满是汗水的额头，再一次说出令人费解的话来。

她

好像天黑之前要下雷雨了。

我们看到她所看见的天空。乌云滚滚……歌声清晰。然后，游行（开始）收场。

他们向后退。她站在他的前面（姿势就像杂

志上的妇女一样），一只手搭在他的肩上。他的脸贴着她的头发。当她抬起头来，正好看到他的脸。他将试图拉她远离游行队伍。她会抗拒。但是，她几乎“不由自主”地同他一起走开。然而，看见一群儿童，她［干脆停住脚步，仿佛入了迷］。

举着标语牌的年轻人的队伍。

第一组标语牌

第一块标语牌：如果一枚原子弹相当于两万枚普通炸弹。

第二块标语牌：如果氢弹的杀伤力相当于原子弹的一千五百倍。

第三块标语牌：那么，目前世界上所制造的四万枚原子弹和氢弹相当于多少?

第四块标语牌：如果在地球上扔下十枚氢弹，人类历史就要倒退到史前时代。

第五块标语牌：四万枚氢弹和原子弹意味着什么？

第二组标语牌

一，这种不可思议的成果归功于人的科学才智①。

二，遗憾的是人的政治才能比其科学才智差一百倍。

三，我们已落到了无法赞赏人的地步。

［或者，第二组标语牌

第一块标语牌：一张蚂蚁的照片。我们不怕氢弹。

第二块标语牌：这是欧洲一亿六千万工会会员的呐喊。

第三块标语牌：这是广岛十万名遇难者的呼声。］

---

① Inteligence：雷乃故意犯的遗漏错误。（正确的拼写应为 Intelligence。）——原注

妇女、男人跟随着引吭高歌的儿童。

狗儿在儿童身后奔跑。

猫儿蹲在窗台上。（和平广场的那只猫已经对游行习以为常，正在呼呼大睡。）

一组组标语牌。

所有的人都热得要命。

游行队伍的上方，天空阴沉沉。太阳被乌云遮住。

儿童人数众多，个个长得俊美。他们感到很热，却依然怀着童贞的赤诚引吭高歌。那个日本男人不可抑制地，几乎是不知不觉地把法国女子朝游行队伍的 [同一方向] 或 [反方向] 推去。

法国女子 [见到列队游行的儿童时] 闭上眼睛，发出一声呻吟。随着这声呻吟，日本男子像窃贼似的很快说：

他

我不愿去想你明天就要启程。我觉得，我爱上了你。

法国女子继续发出呻吟，以至这连续的呻吟变成受爱情煎熬的呻吟。日本男子把嘴伸进她的头发中，悄悄地咬她的发丝。搭在肩上的手越捏越紧。她慢慢睁开眼睛。

游行在继续。

儿童们满脸涂着白粉。汗水在滑石粉上凝成晶莹的珍珠一般。其中两名儿童在争夺一只橘子。他们怒气冲冲。

她

［为什么把孩子们的脸涂成这个模样？］

他

［为了使广岛的孩子们彼此相像。］

［这些话是针对孩子们说的。］

［（或把日本人说的话打成字幕。）呼口号声。］

她

［为什么？］

他

［因为被烧伤的广岛儿童都相像得如出一辙。］

一名假扮成被烧伤的人走过，他大概在影片中扮演角色。他脸上的白粉已脱落，随着汗水融化在颈脖上。这模样令人恶心，非常可怕。

他们摇着头，相对而视。他说：

他

你再跟我去一次吧。

她没有回答。

一名动人的日本女子经过。她坐在一辆彩车上。几只鸽子从她黑色上衣里（乳房隆起部位）① 展翅飞出。

他

回答我。

---

① 雷乃则选用了一只花球。——原注

她不予回答。他俯下身来，在她耳边问：

他

你害怕了？

她微微一笑。摇头否认。

她

不。

［猫儿看见鸽子从女人的上衣飞出，蠢蠢欲动。］

孩子们稚气的歌声在继续回荡，但已渐渐减弱。

一名女辅导员在斥责那两名争夺橘子的儿童。大的那个夺过橘子，小的那个则放声痛哭。那个大孩子开始吃橘子。

这些镜头都要比一般的镜头持续得久些。

在那个哭哭啼啼的孩子身后，来了五百名日本大学生。显得十分拥挤，秩序混乱，有些令人厌倦。他趁着这一阵新的混乱，把她拉过来紧贴在自己胸前。他们的目光中流露出忧伤的神色。他看着她，而她则看着游行队伍。观众想必会感觉到这游行队伍夺走了他们剩余的时间。他们彼此不再说任何话。他握住她的手。她听任他摆布。他们逆着游行队伍的人流挤出去。最后，不见他们的身影①。

我们重又看到她站在一栋日式住宅的一个大房间中央。百叶窗已放了下来。光线柔和。继游行时所感受的炎热之后，这里给人一种凉爽的感

① 雷乃让他们“消失在人群中”。——原注

觉。住宅很现代化。房间里放有椅子等家具。

法国女人**像客人似的**站在那里。她几乎是心慌意乱的。他从房间尽头向她走来（我们可以假设他刚关上门，或者刚从车库走来。这一细节无关紧要）。他说：

他

请坐。

她并没有坐下。他们俩仍然站着。我们感到，在他们之间，情欲暂时受到爱情的阻碍。他面对她站着。他在这种状态下，几乎显得笨拙。他这种举动与一个男人碰上意外好事时的所作所为正好相反。

她发问，但只是为了找话说：

她

你独自一人住在广岛吗?……你的妻子，她在哪儿?

他

她在温泉那儿，在山上。我现在只身一人在这里。

她

她什么时候回来?

他

这几天。

她继续低声说，仿佛在旁白。

她

你的妻子，她长得怎么样？

他瞅着她，故意说。
（在这里，说话的语调不是什么问题。）

他

很美。我是个跟妻子在一起过得很幸福的男人。

稍停片刻。

她

我也是个跟丈夫在一起过得很幸福的女人。

这句话是怀着真挚的激情说的，但这种

情绪瞬间就被掩饰起来。

他

……这原本就很容易理解的。

（这时，电话铃响。）

他走到她身旁，就像朝她扑过去似的。她见他疾步朝她走来，说：

她

你下午不工作吗?

他

是的。事情很多。尤其是在下午。

她

这真是个荒诞的故事……

就好像她在说“我爱你”。
他们在电话铃声继续响的时候亲吻。
他不去接电话。

她

你是为了我而耗费了这一个下午的时间？

他始终不去接电话。

她

可是，你说，这会有什么结果呢？

在广岛。［他们俩一丝不挂，一起躺在一张床上。］室内的光线已经变换。做爱之后。一段时间已经过去。

他

你在战争时期爱上的那个男人是法国人吗?

在内韦尔。一个德国人在暮色中穿过广场。

她

不……他不是法国人。

在广岛。性爱得到满足后，她极其疲乏，摊手摊脚地躺在床上。投在他们身上的光线更暗了。

她

是的，那是在内韦尔。

在内韦尔。几个表现在内韦尔的爱情镜头。骑着自行车飞驶。树林。几处废墟，等等。

她

我们先是在谷仓会面。后来在废墟中相会。再后来在房间里。反正处处都去。

在广岛。房间里的光线更暗了。我们又看到他们几乎是平静的拥抱姿势。

她

然后，他死了。

在内韦尔。几个内韦尔的镜头。一条条河流。一段段堤岸。迎风摇曳的白杨树，等等。

阒无人迹的堤岸。

花园。

现在，在广岛。我们［几乎在苍茫的暮色中］重又看到他们。

她

我那时十八岁，他二十三岁。

在内韦尔。夜里，在一间小木屋里，举行内韦尔式的“婚礼”。

（在内韦尔的镜头一一映出时，我们只是让她回答。向她提的问题都是“理所当然”，“不言而喻”的。）

内韦尔的镜头，答话，总是贯串一起。内韦尔的镜头证实她的回答。末了，她平静地说：

她

为什么不讲点别的，光讲他？

他

为什么不呢？

她

不。为什么？

他

由于内韦尔，我才能开始了解你。因此，我在你一生所经历的成千上万件事情中选择了内韦尔。

她

像选择其他事物一样?

他

是的。

能看出他在撒谎吗?只不过是怀疑而已。她变得几乎粗暴了,一心想寻找能说的话题(这时有些犯疯)。

她

不。这决非偶然。(稍停)。你应该告诉我为什么。

他可以回答如下(对于影片来说,这一点很重要)。或者:

他

我是这样理解的，我觉得你当时如此年轻……年轻得你还没有确切地属于哪个人。我喜欢这样。

或者：

她

不，不是这么回事。

他

我是这样理解的，我以为，我险些……失去你……而且。我很可能永远也不认识你。

或者：

他

我是这样理解的，我认为你大概已经开始成为今天的你了。

（在上述三句接话中选择一句，或者三句全用①，具体用法可根据床上的性爱动作而定，或三句接连使用，或分开使用。我更喜欢后一种办法，假如这样做不会使这场戏过于冗长的话。）

[内韦尔的镜头最后一次连续展现。这些画面以故意平庸的方式接二连三地映出。同时，这些画面又让人害怕。]

① 雷乃选择了把三句接话全都用上，而不是在三句中选用一句。——原注

镜头最后一次重又回到他们身上。[天色已黑。] 她说话。她大声喊叫。

她

我要离开这里。

与此同时，她几乎野蛮地紧紧抓住他不放。

他们穿好衣服，待在刚才的房间里。现在，这房间已被照亮。他们两人都站着。他平平静静地说……

他

现在，在你临走之前，我们只有消磨时间了。离飞机起飞还有十六个小时。

她心烦意乱，苦恼地说：

她

时间太长了……

他温柔地回答：

他

不。你不必害怕。

第四部

在广岛，夜幕降临，河面上泛起一道道波光。

河水随着潮汐在不同时辰涨落。人们有时沿着泥泞的河岸观赏潮水缓慢上涨的景色。

一家咖啡馆面对着这条河。这是一家现代化的咖啡馆，因装有巨大的落地窗而显得很有美国特色。当顾客坐在咖啡馆深处时，就看不见河岸，只能看见河身。河口的轮廓隐隐约约，模糊不清。广岛就在那儿告终，太平洋就在那儿开始。咖啡馆里有一半位置空着。他们在店堂深处的一张桌旁面对面地坐着，或脸贴脸，或额碰额。刚才画面隐没时，他们因想到离永别还剩十六小时而忧伤。现在，我们又在画面上看到他们时，他们几乎是喜气洋洋的了。时间在不知不觉中流逝。发生了一个奇迹。什么奇迹呢？就是内韦尔又成为他们的话题。他在这种热恋的姿态中所说的第一句话就是：

他

在法语里，内韦尔这个词没有任何别的含义吗?

她

没有任何含义。没有。

他

如果我们俩相爱，那你在内韦尔的这个地下

室里会感到冷吗？

她

我会感到冷的。在内韦尔，地下室都很冷，无论夏天还是冬天，都很冷。这座城市是沿着一条被人叫做卢瓦尔的河流而筑起的。

他

我无法想象内韦尔的样子。

内韦尔的镜头。卢瓦尔河的镜头。

她

内韦尔是座小城。只有四万居民。建造得像座首府——（但是）连一个小孩也能环城走上一圈。（她挪开身去。）我在内韦尔出生（她喝酒），我在内韦尔长大。我在内韦尔念书。我就是在那儿度过了二十个春秋。

他

那么，卢瓦尔河呢？

他双手捧着她的头。

内韦尔的镜头。

她

那是一条压根儿不能通航的河流。由于水流曲折，沙洲众多，河面上总是空荡荡的。在法国，卢瓦尔河被视为一条非常美丽的河流，尤其是因为水光柔和……那光线是那么柔和，要是你知道就好了。

心醉神迷的语调。他松开捧住她脑袋的

手，专注地聆听着。

他

你在地下室的时候，我已经死了？

她

你已经死了……而且……

内韦尔：德国男子在堤岸慢慢地死去。

她

……怎么能忍受这样的痛苦呢？

她

地下室是很小的。

为了用手比划地下室有多小，她把贴在他面颊上的脸庞移开。然后，她继续说下去，她的脸虽然和他的脸靠得很近，但已不再紧贴了。没有任何一句咒语。她热切地向他诉说。

她

……非常小。

她

《马赛曲》的歌声从我头顶飘过……这歌声……震耳欲聋……

她在（广岛）这家咖啡馆里捂住耳朵。突然，咖啡馆里一片深深的寂静。

内韦尔的地下室。丽娃鲜血淋淋的双手。

她

在地下室里，我的双手变得毫无用处。它们在墙上搔。它们在墙上刮破了皮……直到出血……

内韦尔某处，一双血淋淋的手。镜头一转，放在桌子上的双手，完好无损。

在内韦尔，丽娃在舔自己的血。

她

……这就是我惟一能找到的可做的事，为了使自己好过些……

她

……也是为了记住……

她

……自从我尝过你的血之后，我就喜欢血了。

她在诉说时，他们很少四目相视。他们都看着内韦尔。他们俩好像被内韦尔迷住了心窍。桌上有两只玻璃杯。她贪婪地喝酒。他则慢慢地啜着。他们的手都放在桌上。

内韦尔的镜头。

她

所有的人都在我的头上肆意践踏。当然……看到的不是天空……我看见这个社会在走动。平日里，他们疾步行走。星期天就缓缓而行。他们不知道我在地下室里。他们把我当作死人，远离内韦尔的死人。我父亲宁愿我死掉。因为我已名誉扫地，我父亲巴不得我死掉。

内韦尔：父亲，内韦尔的一名药剂师，站在他开的那爿药店的玻璃窗后面。

他

你在喊叫?

内韦尔的房间。

她

起初没有，我没有喊叫。我轻轻地呼唤你。

他

可是，我已经死了。

她

我还是在呼唤你。即便你已经死去。后来，有一天，我突然大喊大叫起来，像个聋子似的，拼命喊叫。于是，他们就把我关进地下室里。为了惩罚我。

他

叫喊些什么呢?

她

你的德国名字。只喊你的名字。我只记得一件事，那就是你的名字。

内韦尔的房间，无声的喊叫。

她

我答应不再喊叫。于是，他们把我扶回到楼上我的房间里。

内韦尔的一间卧室。她躺在床上，蜷起一条腿，怀着情欲。

她

我需要你，我无法忍受这种需要的煎熬。

他

你害怕吗?

她

我害怕。在任何地方。在地下室里。在房

间里。

他

怕什么？

内韦尔房间天花板上的斑点，内韦尔种种令人恐怖的东西。

她

怕再也见不到你，永远，永远见不到你。

像这场戏开头那样，他们重又互相贴近。

她

一天，我刚满二十岁。那时，我在地下室

里。我母亲来告诉我，说我二十岁了。（稍停，仿佛为了回忆。）我母亲哭了。

他

你往你母亲脸上吐唾沫了？

她

是的。

（仿佛他们都知道这些事情。）
他移开身子。

他

喝吧。

她

好的。

他端起杯子，喂她喝。她由于不断地回忆，神色一直显得很惊惶。突然脱口而出：

她

后来，我什么也不知道了。我什么也不知道了……

他要鼓励她说下去，便启发她。

他

内韦尔的地下室都很陈旧，很潮湿……你刚才说……

她不知不觉中了圈套。

她

是的。到处是墙硝。［我变成了一个傻瓜。］

她把嘴贴在内韦尔地下室的墙上，啃着墙。

她

有时，一只猫进来张望。这倒没什么了不得的。我什么也不知道了。

一只猫钻进内韦尔的一间地下室里，瞅着这个女人。

她补充说。

她

后来，我什么也不知道了。

他

有多长时间？

她还没有摆脱她的思绪。

她

永无止境。（明确地说。）

某个人，一个孤单的男人，把一张法国风笛舞曲的唱片放在自动唱机上。为了使遗忘内韦尔的奇迹延续下去，为了使任何事情都不“变质”，日本人把自己杯里的酒倒进法国女人的杯里。

在内韦尔的一间地下室里，猫的眼睛和丽娃的眼睛闪闪发光。

当她听到风笛舞曲唱片的音乐时（醉了或疯了），她又笑又叫。

她

啊！曾几何时我是多么年轻啊。

她几乎刚摆脱了内韦尔，却又让自己的思绪回到内韦尔上去。她着了魔（这里，形容词的选择是可以多样的）。

她

夜里……我母亲扶我到花园里。她瞅着我的脑袋。每天夜里，她都要仔细瞅我的脑袋。她还不敢靠近我……只是在夜里，我才能看看广场，于是，我就看呀看。广场大极了（做手势）！广场中央往下凹［像个湖泊］。

内韦尔地下室的气窗。透过气窗，看得见自行车的轮子像彩虹般在内韦尔黎明的曙光中驶过。

她

我只是在黎明时才有睡意。

他

有时下雨吗？

她

……雨顺墙而下。

她在寻找，她在寻找，她在寻找。

她

我想念你。但是，我再也不提这件事了。（几乎带有恶意。）

他们重又互相靠近。

他

疯了。

她

我爱你爱得发疯。（稍等片刻）我的头发重新长出来了。每天，我用手摸，感觉得出。我无所谓。可是，我的头发毕竟又长了出来……

在内韦尔，丽娃躺在床上，一只手伸进自己的头发里去。

她把双手伸进头发里。

他

你在被关进地下室之前喊叫吗?

她

没有。我毫无感觉。

在广岛，他们脸贴脸，眼睛半闭着。

她

[他们都很年轻。这是一帮没有想象力的英雄好汉。] 他们仔细地把我的头发剃得精光。他们认为，把女人的头发好好剃光是他们的

责任。

他

我心爱的，你为他们感到羞耻？（说得很干脆。）

剃发的镜头。

她

不。你死了。我只顾着内心的痛苦。夕阳西下。我只注意到我头顶上剪刀的声音（这句话是不动声色说的）。这稍许减轻了……因你的死亡而给我带来的痛苦……就像……

……就像……啊！瞧，我无法向你表达清楚。就像用指甲抠墙能稍许平息些心头的怒火一般。

在广岛，她狂热地依偎在他怀中，继续往下说。

她

啊！多么痛苦。我内心是多么痛苦。真是不可思议……全城百姓都在唱《马赛曲》。夕阳西下。我那死去的爱人是法国的敌人。有人说，应该把这个女人扭到城里游街。我父亲的药店因为我伤风败俗而关闭。我孤独无依。有些人耻笑我。夜里，我才游完街回到家里。

内韦尔广场上的场面。想必她正发出无声的叫喊，但从她的口型来看，人们分辨得出，这喊声如同世界上的孩子们用各种语言呼唤母亲的喊声：妈妈。他一直紧挨着她。握住她的双手。

他

后来，我亲爱的，有一天，你终于摆脱了无休无止的痛苦。

内韦尔的卧室。

丽娃在房间里转来转去。把东西掀翻。如困兽犹斗，野性大发。

她

是的，那是个漫长的过程。

有人告诉我，说我经受了很长时间的磨难。

无论冬夏，每天傍晚六点钟，圣艾蒂安教堂的钟声响起。一天，真的，我听见了钟声。我记得从前我曾听见过这钟声——从前——就是我们相爱的时候，在我们幸福的时候。

我开始看见东西了。

我记得从前我曾看见过——从前——就是我

们相爱的时候，在我们幸福的时候。

我记得。

我看见墨水。

我看见白天。

我看见我的生命。你的死亡。

我那在继续的生命。你那在继续的死亡。

内韦尔的卧室和地下室。

现在，阴影笼罩卧室墙角的速度已经不那么快了。阴影笼罩地下室墙角的速度已经不那么快了。推迟到六点半左右了。

冬天过去了。

稍停片刻。在广岛。

她浑身颤抖。

她抽回身子，不再贴着他的脸。

她

啊！真可怕。我对你的记忆开始淡漠了。

他端起杯子，让她喝酒。她被自己吓着了。

她

……我开始忘记你。我因为忘却如此深沉的爱而颤抖不已……

……还要（喝酒）。

她东拉西扯地说。这一次。独自回忆。已无法驾驭她了。

她

我们本该中午在卢瓦尔河畔相会的。我应该

同他一起回国的。

当我中午赶到卢瓦尔河畔时，他还没有完全死去。

有人从花园里朝他开了冷枪。

内韦尔的那座河滨公园。

她神志混乱，不再看他。

她

我在他的尸体旁守了整整一天一夜。第二天早晨，有人来收尸，把他装上一辆卡车。就在那天夜里，内韦尔解放了。圣艾蒂安教堂的钟声响了……响了……他在我的身体下面渐渐变冷。啊！他临终的时间可真长啊！什么时候断气的？我也说不准。我趴在他身上……是的……我真的忽略了他去世的时间，因为……因为即使在当时，即使在事后，是的，即使在事后，我可以说，我压根儿就感觉不出他的尸体和我的身体有

一丝一毫的区别……我只觉得这尸体和我的身体出奇的相像……你明白吗？那是我的初恋……（喊叫）

日本人给了她一个耳光。（或者也可以用，他使劲捏她的双手。）她表现出好像不知道这种疼痛究竟从何而起的样子。但是，她很快清醒过来。而且，显得好像懂得这种疼痛是有必要的。

她

后来，有一天……我又大喊大叫起来。于是，他们就把我关进地下室里。

她的声音恢复了原来的节奏。

（这里，整场玻璃球的戏：玻璃球滚进地下室，她拣了起来，玻璃球热乎乎的，她把它捏在手里，等等，然后，她把玻璃球还给外面的孩子，等等。）

她

……它是热乎乎的……

他不知其所以然，让她讲下去。她继续说。

她

（稍停。）我想，我就是那时候摆脱了心中的恶意。

稍停片刻。

我不再大喊大叫了。

稍停片刻。

我变得有理智了。大家都说："她变得有理智了。"

稍停片刻。

一天夜里，是节日的夜晚，他们把我放了出来。

河畔，内韦尔的黎明。

在卢瓦尔河畔。正值黎明时分。人们在过桥，过桥的人数在不同时辰时多时少。远处，阒无人影。

夜里，内韦尔的共和广场。

她

过不多久，我母亲跟我说，我应该趁着夜色

到巴黎去。她给了我钱。我就在夜里骑上自行车，动身到了巴黎。

那是夏天。夜色迷人。

两天后我抵达巴黎时，广岛的名字已出现在所有的报纸上了。这时，我的头发已经长得够体面了。

我和别人一起走在街上。

有人重又把那张风笛舞曲的唱片放在自动唱机上。

她仿佛如梦初醒似的补充说。

她

十四年过去了。

他替她斟酒。她喝酒。表面看来，她又变得十分平静。他们摆脱了对内韦尔艰难岁月的回忆。

她

我甚至记不清楚那双手了……痛苦嘛，我还记得一点儿。

他

今天晚上吗?

她

是的，今晚我想起了这些事。但是，有朝一日，我将不再记得往事。压根儿不记得。什么都不记得。

这时，她朝他抬起头。

她

明天这个时候，我将同你相隔万里。

他

你丈夫，他知道这件事吗?

她犹豫片刻。

她

不知道。

他

那么，只有我一个人知道?

她

是的。

他从桌旁站起身，抱住她，硬是把她拉起来，不顾一切地紧紧搂住她。周围的人看着他们俩，茫然不解。他欣喜若狂。放声大笑：

他

只有我知道。只有我一个人知道。

与此同时，她闭上眼睛。她说：

她

别说了。

她更紧地依偎着他。她抬起手，轻轻地用手抚摸他的嘴唇。她几乎沉浸在一种突如其来的幸福中，说道：

她

啊！有时候，跟某个人在一起有多好呀。

他们十分缓慢地分开。

他

是的（说这句话时，她的手指正放在他的嘴唇上）。

［在唱机上转动的唱片所播放的风笛舞曲的乐声，突然降低了音量。］某处的一盏灯灭了。或许是河岸上的灯，或许是酒吧间里的灯。

她惊跳起来。她把放在嘴唇上的手抽了回来。他并没有忘记时间。他说：

他

再谈谈吧。

她

好吧。

她寻找话题。但说不出什么来。

他

说呀。

她筋疲力尽地说：

她

［我曾有幸被搞得名誉扫地。剃刀在我的头上，而从这愚蠢的行为中，我获得了非凡的智慧……］

我甘愿经历了这一时刻。这一无可比拟的时刻。

他仿佛从眼前的时光退隐，说：

他

几年后，当我把你淡忘时，当类似这样的艳事又出于习惯的力量发生时，我将缅怀你，就像怀念被遗忘的爱情那样。当我想起遗忘的可怕时，我将会想起这段艳事。我现在就知道我会那样做的。

一些顾客走进咖啡馆。她看着他们，

（重又怀着希望）询问：

她

在广岛，这种夜生活永无休止吗？

他们进入最后一场戏。不过，她是不由自主地问。而他却答以谎话。

他

在广岛，这种夜生活永无休止。

她莞尔一笑。她带着忧伤的微笑，极其温柔地说（样子很可爱）：

她

我多喜欢这样……喜欢这种无论白昼还是黑

夜总有人醒着的不夜城……

酒吧间老板娘灭了一盏灯。唱片放完了。他们几乎置身于半明半暗的微光中。在广岛，咖啡馆营业到很晚，然而，不可避免的打烊时间已到。

他们俩都垂下眼帘，仿佛感到极为害羞。因为，这个循规蹈矩的世界不可能包容他们这种风流韵事，他们被这个世界拒之门外。反抗是不可能的。

她猛地一下子全明白了。

他们重新抬起眼帘时，他们反而微笑了，确切意义上来说，是“为了不要落泪”。

她站起身。他并没有做出任何想要留住她的举动。

他们走了出来，在茫茫黑夜中，站在咖啡馆门前。

她站在他面前。

她

有时候，应该尽量不要去想尘世给人造成的困难。要不然，这个世界就完全会变得令人窒息。

（最后这句话是“有气无力”地说出来的。）

咖啡馆里近在咫尺的最后一盏灯熄灭了。他们垂下眼睛。[一艘汽艇逆流而上，向海洋方向驶去，轰隆隆的鸣声使人联想起飞机的马达声。]

她

离开我吧。

他走开身去。看着远处天际，他说：

他

天还没有亮……

她

没有亮。（稍停）很可能，我们死之前再也不会见面了，对吗?

他

是的，很可能。（稍停）除非，有朝一日，也许，战争……

稍停片刻。

她应声回答。语气中带有讥讽意味。

她

是的，战争……

第五部

又过了一段时间。

我们看见她在街上。她走得很快。

接着，我们看见她出现在旅馆的大厅里。她拿着一把钥匙。

接着，我们看见她出现在楼梯上。

然后，我们看见她打开房门。走进房里，突然站住，仿佛面对着万丈深渊，或仿佛有人已经在这个房间里。她抽身退了出来。接着，我们看见她轻轻地关上房门。

上楼梯，下楼梯，再上楼梯，等等。

她往回走。在走廊里徘徊。绞着双手想办法，但又想不出来。突然，重新回到房间里。这一次，她容忍了房里的景象。

她朝洗脸池走去，把脸浸在水里。我们听见她第一句内心独白。

她

你自以为知道，其实不然。永远不会知道。

她

［牢记时间的确切持续期限。弄清时光有时怎样过得飞快，接着又毫无意义地过得很慢，而且，还得忍受它的忽快忽慢，这无疑也算是学到了知识（这段话说得断断续续，不时重复，而且还不大连贯）。］

她

她曾经在内韦尔有一个年轻的德国情人……

我们将要到巴伐利亚去，我的爱，而且我们将要结为夫妻。

她永远也没有去成。（她照镜子。）

让那些从未去过巴伐利亚的人斗胆同她谈论爱情吧。

你当时并没有完全死去。

我向别人讲述了我们的故事。

我今天晚上同这个陌生人一起欺骗了你。

我讲述了我们的故事。

瞧，这件事是可以对别人叙述的。

十四年了，我对不可能的爱情……已经找不到感觉了。

自从离开内韦尔以来。

瞧，我把你忘得一干二净……

——瞧，我把你忘得一干二净。

看看我吧。

［从敞开的窗户望去，我们看见重建的广岛，安睡的广岛。］

她猛然抬起头，在镜子里看见自己湿淋淋（好像泪水流淌）的脸，那张变得衰老、憔悴的脸。这一次，她对自己的模样感到恶心，不觉闭上了眼睛。

她擦干脸，匆忙离去，重又穿过大厅。

我们又看见她坐在长凳上，或坐在一堆砾石上，或坐在离刚才他们一起待过的咖啡馆有二十来米远的地方。

餐厅的灯光（餐厅）映入她的眼睛。这个餐厅很普通，几乎空无人影，他已经离开餐厅。

她（躺在或坐在）石堆上，继续注视着咖啡馆。（这时，酒吧间里只有一盏灯亮着。刚才他们一起在里面坐过的那间厅堂已关门。这间厅堂，通过酒吧间的玻璃门，得到一道微弱的反射光线，这朦胧的光映在陈设的桌椅上，投落下一堆影子，有的清晰，有的虚幻。）

［酒吧间里的最后几位顾客，在灯光和坐在砾石堆上的法国女人之间，组成了一道屏障。因而，随着这些顾客的来回走动，她的身影时而从暗处转到亮处。然而，她继续在暗处瞅着他已离去的那个地方。］

她闭上了眼睛。然后，她又睁开。别人以为她在打瞌睡。但是，她没有在瞌睡。她睁眼时，像一只猫那样突然睁开。我们听到她内心独白的声音：

她

我将留在广岛。每天夜里和他在一起。在广岛。

她睁开眼睛。

她

我将留在这里，这里。

她收起注视咖啡馆的目光，环顾四周。突然，她做了个非常孩子气的动作，把身子尽可能地缩成一团。她双手抱头，双腿蜷起。

日本人走到她身旁。她看见他，却并不动弹，没有反应。他们开始对“对方”显得不在意。毫不惊奇。他在抽烟。他说：

他

留在广岛吧。

她“不动声色”地看着他。

她

当然，我将和你一起留在广岛。

她（像孩子一样）说完这句话，又躺了下去。

她

我是多么不幸……

他靠近她。

她

我压根儿没有料到，你明白……

她

你走开吧。

他一边走开，一边说：

他

我不能离开你。

我们现在又在一条林阴大道上发现他们。时不时有几家灯火通明的夜总会。这条林阴大道笔直地向前延伸。

她在前面走。他在后面跟。我们随着镜头的推移能看清他们的身影，先看见一个，接着再看见另一个。他们脸上都露出失望的神情。他追上她，温柔地对她说：

他

和我一起留在广岛吧。

她没有回答。然而，我们却听到她几乎大声叫喊的（内心独白的）声音。

她

［我渴望别再有祖国。我将教育我的孩子们要为人凶狠，麻木不仁，聪明伶俐，而且要极度地热爱别人的祖国。］

她

他就要朝我走来，他将搂住我的双肩，他将

亲——吻——我……

她

他将亲吻我……而我将不知所措。

（“不知所措”这几个字是在陶醉状态中说出来的。）

镜头又回到他身上。然而，我们发觉他越走越慢，给她稍事思考的时间。他非但不追上来，反而离她越来越远。她头也不回地朝前走。

一连串广岛和内韦尔街道的交替镜头。丽娃的内心独白。

她

我遇见你。

我记得你。

这座城市天生就适合恋爱。

你天生就适合我的身体。

你是谁?

你害了我。

我那时饥不择食。渴望不贞、与人通奸、撒谎骗人，但求一死。

很久以来，一直这样。

我料到，你总有一天会突然出现在我面前。

我平静地、极其不耐烦地等待着你。

吞噬我吧。按照你的形象使我变样吧，以便在你之后，没有任何人会理解，为什么会有如此强烈的欲望。

我的爱，我们将单独相处。

黑夜将永无止境。

太阳将永不升起。

永远，总之，永远不再升起。

你害了我。

你对我真好。

我们将怀着满腔诚意，问心无愧地哀悼那消逝的太阳。

我们将没有别的事情要做，惟有哀悼那消逝的太阳。

时光将流逝。惟有时光流逝而去。

然而，时光也会到来。

时光将到来。到那时，我们将一点儿也说不出究竟是什么使我们俩结合。那个字眼将渐渐从我们的记忆中消失。

然后，它将消失得无影无踪。

这一次，他正面朝她走来。这是最后一次。不过，他站在离她较远的地方。从现在起，她是可望不可及的了。天在下雨。在一家商店的挡雨披檐下。

他

也许，你有可能留下吧。

她

你知道得很清楚。欲离不能，欲留更不能。

他

再留一星期。

她

不。

他

三天。

她

这点时间做什么呢？用来活命？还是用来殉情？

他

用来弄清楚该怎么办。

她

这种时间不存在。既没有用来活命的时间，也没有用来殉情的时间。所以，我才不在乎呢。

他

我宁愿你当初死在内韦尔。

她

我也宁愿这样。可是，我没有死在内韦尔。

我们看见她坐在广岛火车站候车室的一条长凳上。又过了一段时间。一位日本老太太坐在她身旁等车。我们听见法国女人的声音响起（内心独白）：

她

我早已忘却的内韦尔，今晚，我很想再见到你。在好几个月里，当我的身体燃起回忆的激情时，我每天夜里都在把你烧毁。

日本男子像个幽灵似的走了进来，并和老太太坐在同一条长凳上，与法国女人坐的位置正好方向相反。他不看那个法国女人。他的脸被雨水淋湿。他的嘴唇在微微颤抖。

她

当我的身体燃起缅怀你的火焰时，我希望再见到内韦尔……卢瓦尔河。

内韦尔的镜头。

可爱的涅夫勒省的白杨树，我要把你们

遗忘。

“可爱的”这个词应该像“爱情”一词那样说出口来。

这廉价的故事，我要把你遗忘。

内韦尔废墟的镜头。

只要一夜远离了你，我就像等待解脱似的等待着天明。

在内韦尔举行的“婚礼”。

一天见不到他的眼睛，她就苦恼得要死。
内韦尔的小姑娘。
内韦尔轻佻的小姑娘。
只要一天碰不到他的手，她就认为堕入情网是多么的不幸。

卑微的小姑娘。

她在内韦尔为爱情死去。

被剃了光头的内韦尔的小姑娘，今晚我要把你遗忘。

廉价的故事。

就像忘记他那样，从你的眼睛开始遗忘。

完全一样。

接着，就像忘记他那样，遗忘将攫取你的声音。

完全一样。

然后，就像忘记他那样，遗忘将渐渐把你全部吞没。

到那时，你将变成一支歌曲。

她

［夏天，将近傍晚七点时，两拨人群安静地在共和大道上交叉，想要购买东西。长发披肩的姑娘们不再做对不起祖国的事情。我想再见到内

韦尔。内韦尔。多么愚蠢。]

她

[就是在内韦尔这个地下室里，我对这个男人产生了爱情。我对你产生了爱情。

在“丽日”区里，我对你产生的爱情，作为不得再仿效的例子留在我的记忆中。]

[正因为我的记忆已经被作为不得仿效的例子而留在“丽日”区，所以我一度能随心所欲地爱你。倘若我不曾把这坏得无法用语言形容的记忆留在“丽日”区，我也许永远都不敢爱你。“丽日”区，我向你致意，我今晚很想再见到你，“丽日”区啊，多么愚蠢。]

日本男人和她，被坐在中间的这位日本老太

太隔开。

他抽出一支烟，微微抬起身子，把那包烟递到法国女人面前。

“敬你一支烟，这就是我现在能为你做的一切，仅此而已，这就像我给任何人，给这位老太太敬烟一样。”她不抽烟。

他向老太太敬烟，并给她点火。

内韦尔的森林在暮色中接连展现。接着是内韦尔的镜头。这时，广岛火车站的高音喇叭在广播：“广岛！广岛站到了！”这声音在内韦尔的画面上响起。

法国女人似乎已经睡着了。两个日本人生怕把她吵醒。他们压低嗓门交谈。

正因为老太太以为她已经入睡，才开口询问日本男人。

老太太

她是谁?

他

一个法国女人。

老太太

出什么事啦?

他

她一会儿就要离开日本。我们快要分手，心里很难过。①

① 他们用日语对话，电影里并没有把这几句话译成法语。——原注

镜头一闪，她已不在候车室里。我们在火车站前又见到她。她跳上一辆出租车。汽车在“卡萨布兰卡”夜总会门前停了下来。随后，他也来到夜总会门前。

她独自坐在一张桌前。他走到另一端的一张桌前坐下。

夜将要结束。夜的终止意味着他们将永远分离。

原先已在厅堂里消磨时光的一个日本男人朝法国女人走去，并（用英语）跟她搭讪：

日本人

您一个人吗?

她只是点头作答。［他指着她身旁的那把椅子或高脚圆凳。］

日本人

您愿意和我聊一会儿吗?

夜总会里的客人已寥寥无几，几乎空空荡荡。客人们都感到很无聊。

日本人

这会儿孤身一人在这儿，岂不是太晚了吗?

她让另一个男人接近自己，以便“甩掉”我们认识的那个男人。但是，这不仅不可能，而且也是毫无用处的。他已经茫然若失了。

日本人

我可以坐下吗?

日本人

您刚刚游览过广岛了?

他们不时地互相看一眼对方，但看的时间很短，够讨厌的。

日本人

您喜欢日本吗?

日本人

您住在巴黎吗?

天将拂晓，晨光一直在悄悄爬 ［上玻璃窗］。

内心独白已经停止。

这个素不相识的日本人在跟她说话。她

看着另一个。这个陌生的日本人不再对她说话。

而这会儿，那令人可怕的“绝望者的曙光”已透过玻璃窗射了进来。

我们又在旅馆房间的门背后看见她。她一只手捂住胸口。

有人敲门。

她打开门。

他说：

他

我不可能不来。

他们都站在房间里。

他们挨得很近，面对面地站着，但双臂下垂，根本没有接触。

房间里一切原样不动。

烟灰缸都是空的。

天色已经大明。屋里有阳光。

他们甚至连烟也不抽。

床铺原样未动。

他们俩一句话也不说。

黎明的寂静笼罩着全城。他走进房里。远处，广岛还在沉睡。

突然，她坐下身去。

她双手捂住脸，悲叹一声。一声忧伤的哀叹。

她的双眸中反射出城市的亮光。她几乎让人感到局促不安，猛然间，她叫了起来：

她

我将忘掉你！我已经忘掉你了！你看，我竟

然忘掉你啦！你看我呀！

他抓住她的胳膊、［手腕］，她面对着他，脑袋往后仰。她非常粗暴地挣脱。

他魂不守舍地扶住她。仿佛她身临险境。

他看着她，她也看着他，好像在看这座城市，而且，突然温柔地呼唤他。

她惊讶地，“远远地”呼唤他。她终于得以把他淹没在完全的遗忘之中。她对此深感惊愕。

她

广——岛。

她

广——岛。这是你的名字。

他们彼此看着对方，却又视而不见。永远不再相见。

他

这是我的名字。是的。

［我们就到此为止，仅此而已。而且，永远停留于此。］你的名字是内韦尔。法——国——的——内——韦——尔。

—完—

附　录

静夜阐释

（有关内韦尔的注释[①]）

关于德国人死亡的那一幕

他们俩同样被这一事变——他的死亡折磨着。

两个人的心中都没有丝毫愤怒。只是为他们夭折的爱情感到极其悲痛。

同样的痛苦。同样的鲜血。同样的眼泪。

荒诞的战争正不加掩饰地笼罩在他们混为一体的身躯上。

也许可以认为她已死去，因为他的死亡使她痛不欲生。

他试图抚摸她的胯部，就像做爱时那样。但

他已无能为力。

简直可以说她在帮助他死去。她并没有想到她自己，一心只想着他。然而，他在安慰她，他几乎是在表示歉意，因为他不得不死而使她痛苦欲绝。

当她独自一人待在这块刚才他俩相依在一起的地方时，她尚未感受到切身的痛苦，只是因为自己重又形影相吊而觉得不可言喻的惊愕。

关于向德国人开枪的那座花园的画面

有人从这座花园里朝他开枪，正如他们可能从内韦尔另一座花园开枪一样。他们可以从内韦尔所有别的花园向他开枪。

只是碰巧在这座花园里向他开枪罢了。

---

① 没有按年代顺序排列。雷乃曾对我说：“就像您评论一部摄制好的影片的画面那样写吧。”——原注

从此，这座花园便留下了他那平庸的死亡的痕迹。

从此，这座花园的色彩和形式都带有命中注定的意味。他命丧于此，永远长眠于地下。

战争期间，一名德国兵穿过某省的广场

某天，近黄昏时，一名德国兵正穿过法国某省的一个广场。

就连战争也成了家常便饭。

德国兵如一块靶子静悄悄地穿过广场。

战争还在深不可测地进行着，人们对结束战争已失去希望。大家对战争已习以为常，不再留神提防敌人了。战神广场笼罩着一片无言的绝望。德国兵也受其感染。人们对战争的厌倦谈得还不够。一些妇女在百无聊赖时便躲在放下的百叶窗后瞅着那个在广场上行走的敌人。在这儿，风流韵事要以爱国主义为界限。如越雷池一步就

必须制止。有人在观察这桩风流事，并不加以制止。没办法不让人瞧呀。

关于丽娃与德国兵相会的画面

我们在城墙后拥吻。的确，我心如刀割，肝肠寸断，因为我竟爱上了一个敌人。然而，我却怀着无法克制的幸福亲吻了我的敌人。

战争期间，城墙那儿总是阒无人迹。战时，法国人在这儿被处死。战后，就在这儿枪毙德国人。

当他给我打开栅栏门时，我看见了那双手。我顿时想要惩罚它们。委身之后，我咬了他的手。

就是在城墙那儿，我成了他的妻子。

我再也记不起花园深处的那扇门了。他在那儿等我，有时要等数小时。尤其是在晚上。只要我有片刻自由，我便去那儿同他相会。他心生恐惧。

我也提心吊胆。

当我们不得不一起穿过城里时，我胆战心惊地走在他前面。别人都低下头。我们以为他们对此并不在乎。于是，我们变得轻率大胆起来。

我要求他在××栅栏后穿越广场，以便我可以在白天也能见他一面。于是，他每天低着头经过那道栅栏，好让我看看他。

冬天，废墟上旋风呼呼。寒峭彻骨。他的嘴唇冰凉。

一个想象中的内韦尔

在我的记忆中，我在那儿出生的内韦尔与我自己浑然一体，难以区分。

这是座连小孩也能徒步环城走一圈的城市。

这座小城一边濒临卢瓦尔河，另一边则以城墙为界。

城墙外有一片森林。

内韦尔可以用孩子的步子来测量。

内韦尔就在这城墙、河流、森林和田野中间“走过”它的历程。城墙巍巍壮观。卢瓦尔河则是法国最宽阔、最著名、最美丽的河流。

内韦尔就像座首府被团团围住。

当我还是小姑娘时，我曾在内韦尔来回兜圈子，我觉得它简直是无边无际。它在卢瓦尔河里的倒影随着水波微微颤动，显得更加庞大。

一直到我长成少女时，我一直有这种幻觉，总觉得它大极了。

当时内韦尔闭门自守。它像我们一样成长起来。我对其他城市一无所知。我需要一座适合爱情本身的城市。就在内韦尔，我找到了这样的地方。

要是说内韦尔是座小城市，那么，从感情上和理智上来讲都是错误的。对我来说，内韦尔是座庞大无比的城市。

门外有麦田。窗外有森林。夜里，猫头鹰直飞进花园。所以，在花园里需要镇静自若，无所畏惧。

这里同其他地方一样，谈情说爱是要受到监视的。

孤零零的人就在这儿等死。除了死亡，任何别的奇遇都不会改变他们的期待。

在这些曲折的街道上体验着直线等待死亡的滋味。

在那儿，恋爱是不可原谅的。在内韦尔，恋爱就是犯了过错。在内韦尔，追求幸福便是罪恶。无所事事、百无聊赖则是默许的美德。

疯子在郊区东窜西走。有波希米亚人。狗。还有恋情。

要是侮蔑内韦尔，说它的坏话，那么从理智上和感情上讲同样也是错误的。

关于被孩子们丢失的玻璃球的情景

我又喊叫起来。那一天，我听见一声尖叫。最后一次，他们把我关进了地下室。它（玻璃球）从容不迫地向我这儿滚过来，挺像那么回事的。

鲜艳夺目的彩色液体在球体内流动。五彩缤纷的夏季存在于球体内。它也具有夏日的炎热。

我已经明白不该再吃东西，不该随便什么都吃，不该啃墙，不该吮手上的血或啃墙。我满怀柔情地瞅着玻璃球。我把它含在嘴里，但没咬它。

它是那么滚圆，那么完美，却提出了一个难以解答的问题。

也许我会把它敲碎。我把它扔掉，但它又反弹回我的手中。我再扔掉它。它不再回来。它就这样走得无影无踪了。

当玻璃球消失得不见踪影时，我意识到又要发生什么事了。我重又胆战心惊。玻璃球是个没有生命的东西，它不可能死去。我回忆着。我到处寻找。我又找到了它。

孩子们大叫大喊。玻璃球在我的手中。喊声。玻璃球。它是孩子们的。不。他们再也得不到它了。我张开手。它在我的掌心里，是我的俘虏。我把它还给孩子们。

一个德国兵来到丽娃父亲的药房包扎手

[在这盛夏时节，我穿着（黑色）毛衣。内韦尔的夏天是寒冷的。这是战争期间的夏季。我父亲百无聊赖。货架上空空如也。我像小孩一样听从我父亲的话。他（德国兵）的手被烧伤了，我瞅着他的手。在给他包扎时，我把他弄痛了。我抬起眼睛时，遇上了他的目光。他的眼睛清澈明亮。因为我弄痛了他，他笑了。我没有笑。]

战争期间的内韦尔之夜
德国兵在广场上偷偷看着丽娃的窗户

［我父亲一言不发，默默地喝酒。我甚至不知道他是否听见我弹奏的音乐。晚上真是枯燥乏味，不过，在那一晚之前，我还没意识到这一点。那个敌人向我抬起头来，并难以觉察地微微一笑。我内心涌起一阵犯罪感。仿佛我眼前正展示着一幕十分可憎的场面似的，我连忙关上了百叶窗。］我父亲按习惯坐在扶手椅上打瞌睡。桌上还摆着我们两人的餐具和我父亲的酒。百叶窗外，广场就像滔滔大海一般起伏不定。他看上去像是个海上遇难的人。我向父亲走去，就近仔细瞅着他，近得几乎要碰到他了。他因为喝了酒而昏昏沉睡。我连父亲也认不大清了。

内韦尔之夜

午夜，我孤身一人待在房间里。战神广场依然像大海一般在百叶窗外骚动着。他今晚大概又经过这儿了。我并未打开百叶窗。

内韦尔的婚礼

薄暮时分，我怀着幸福和羞耻成了他的妻子。当这一切都已成事实，天色已黑。然而，我们并未察觉。

我不再羞愧不安。我们非常乐于见到黑夜的来临。以前，我可总是害怕黑夜。我从未见过像那一天这般漆黑的夜。我的祖国，我的城市，我那喝醉了酒的父亲，都被淹没在这茫茫夜色中。连同德国的占领，也统统沉溺于这深沉的黑夜中。

实实在在的黑夜。我们专注地观察着这黑

夜，然后又严肃地注视着。连绵起伏的山峦渐渐一一出现在远处的天际。

关于枪击德国人的那座花园的另一注释

爱情使人更加坦然地弃世而去。

这座花园也许会让人去信奉上帝。

这个挎着卡宾枪陶醉于自由的男子，这个死于一九四四年七月底的陌生人，这个内韦尔的男子，我的兄弟，他怎么能懂得这些道理呢？

关于“然后，他死了”这句话

这幅画面出现时，丽娃本人不再言语。

哪怕流露出一丝忧伤的神情都会贬低这份痛苦的感情。

她只是刚发现他躺在河畔，在阳光的照射下

奄奄一息。对于我们其他人来说，这种场面简直是难以忍受。然而对丽娃却并不如此。丽娃不再对我们说话。她只是缄口不语而已。

他气息尚存。

丽娃趴在他的身上，悲痛欲绝。她已精神错乱。

在这种时刻见到她在向他微笑居然也可能合乎逻辑。

痛苦有其伤风败俗的一面。丽娃伤风败俗。像个疯子。她丧失了理性。

这是她的初恋。也是她初次尝到的痛苦。我们几乎不能看着丽娃处于这般悲哀的状态中。我们无能为力。只得等待。等着她意识到并能适应这种痛苦的心境。

弗雷逊死了。他仿佛已经同这片土地结合在一起。他被死神迎面攫住。他的鲜血像河水那样潺潺而流，像时光那样渐渐消逝。像他的汗水。他像一匹精力充沛，欢蹦乱跳的骏马那样突然丧身。当时，他正忙着赶赴幽会。后来，她怀着无限柔情来了，而且，深知无法抗拒他的死亡。弗雷逊目光柔和。他们相互微笑。是的。你看，我的爱，即便这样，我们还能微笑。这是死亡的胜利。一切都完结了。我深信在你身后，我无法苟活，正因为此，我对你微笑。

德国兵的尸体被卡车运走后，丽娃独自一人待在河畔

那一天，阳光明媚。但是，和每天一样，黄昏降临了。

站在河畔，丽娃所剩下的，只有她的心跳。（到了傍晚，天下起雨来。雨滴打在丽娃的身上，洒落在城里。然后，雨停了。后来，丽娃被剃成了光头。在这河畔上只剩下一处干燥的地方，这是丽娃待过的地方。这个地方曾被他们的激情灼烧过。）

她好像已在河畔入睡。她变得几乎面目全

非。（一些动物在她那双污血斑斑的双手上爬过。）

是狗吗?

丽娃的痛苦，她的疯狂。
内韦尔的地下室

丽娃还是不说话。

夏天日复一日地过去了，一切安然无恙。整个法国喜气洋洋，沉浸在一片混乱而欢乐的气氛中。

河流也泰然自若地潺潺流去，卢瓦尔河也不例外。丽娃的眼波如卢瓦尔河的河水一样流动，却是在这动荡中备受痛苦煎熬。

地下室小小的，就像它可能是大的那样。

丽娃在狂喊乱叫，就像她可能沉默不语那样。她并不知道自己在大声喊叫。

人们惩罚她，让她明白自己在大声喊叫。像

个聋子。

当她喊叫时，必须得教她用耳朵听。

这一切都是人家事后才告诉她的。

她像个白痴那样擦破了双手。被放开的小鸟在房间里乱飞，磨损了双翅，却毫无知觉。丽娃把手指擦伤，弄出血来，然后吮吸自己的鲜血。她做了个鬼脸，接着又做个鬼脸。有一天，她曾在河畔学会了如何嗜好鲜血。像一头畜生、一个下贱女人那样。人总应该好好地看点东西。丽娃并没有眼睛。她注视着。但她什么也没看见。然而，她还是注视着。她看到了人们的脚。

人来人往。在你们和我的必不可少的天地里熙熙攘攘，在一段我们熟悉的时间里来去匆匆。

丽娃盯在这些过往行人脚上的目光（这些脚同他们的脸一样意味深长）落在那被理智摒弃的有机世界上。她注视着一个脚的世界。

丽娃的父亲

父亲被战争拖得精疲力竭。他并不是坏人。他被那些非他所愿而又已经发生的事情搞得昏头昏脑。他穿一身黑衣服。

丽娃的母亲

母亲是个充满活力的女人。比父亲年轻得多。在这个世界上，她最爱的就是她的孩子。每当丽娃大声乱叫时，她就惊慌失措。她生怕别人还要加害于她的孩子。她管理着全家。她很坚强。她不愿丽娃就此丧生。对女儿，她怀有一股野兽般的爱。而这母爱是无限的。与父亲相反，她没有对丽娃失去希望。

他们把她送进地下室，就像她是个十岁的小姑娘。他们都穿着一身黑衣服。丽娃夹在他们俩中间，穿着一身浅色衣服。那是一件母亲做给小姑娘穿的带花边的睡衣，当妈妈的总是忘记自己的孩子已经长大成人。

丽娃在内韦尔的地下室和自己的房间里

丽娃一袭白衣，待在地下室的一个角落里。她一直待在那儿，和在别处一样，纹丝不动。眼波总是像卢瓦尔河一样流动。眼神就像站在河畔时一样。她是无辜的。令人恐惧的开始。

直到晚上，她才恢复了理智。她想起她已经是那个人的妻子。她也一样，情欲迎面攫住了她。尽管他已死去，她还是需要他。即便他已气绝身亡，她还是渴望得到他，简直到了无法忍受的地步。她筋疲力尽，气喘吁吁。嘴唇湿润。她的姿态如同一个欲火中烧的女人，不知羞耻，庸俗不堪。比在任何地方都更不知羞耻。简直令人作呕。她居然需要一个死人。

丽娃触摸她房间里的东西。

“我记得曾经看到……”

处在这种精神状态的丽娃可能无论什么东西都能看到。无论这些东西聚集在一块儿，或分散摆放。这无关紧要。反正，一切都会被她看到。

丽娃舔地下室的墙硝

由于没有什么别的东西，墙硝也能吃了。这是石头蕴含的盐分。丽娃在啃墙。她也在吻墙。她置身于一个墙的天地。对一个男人的记忆就渗进墙内，与石头、空气、土地浑然一体。

一只猫走进内韦尔的地下室

这只猫总是老样子走进地下室来。它准备应

付一切可能发生的事。丽娃已然忘记猫的存在。

猫是家养动物。它们举止可爱，讨人喜欢。但是，它们的眼睛并不驯良。猫的眼睛与丽娃的眼睛很相像。他们相对注视，看得精疲力竭。要忍受一只猫的目光几乎是不可能的。但丽娃却能做到。她渐渐渗入到猫的目光里去。在地下室里，只有猫和丽娃一对一的注视，别无其他。

永恒是无法形容的东西。它既不美，也不丑。它也许是一个小石块，或某个物体发光的一角？是猫的目光？一切都是。猫睡了。丽娃睡了。猫彻夜不眠。永恒究竟存身于猫的凝视里抑或丽娃的凝视里？圆圆的瞳孔里空空洞洞。这些瞳孔大极了。犹如寂无一人的竞技场。令人感到时光的冲击。

丽娃看到的内韦尔的广场

广场上依然生机勃勃。这些人上哪儿去？他

们自有他们的去向。自行车车轮就像太阳那样。活动着的东西比静止的东西看得更清楚。自行车车轮。行人的脚。所有的一切都在原地摆动。

有时，这看上去像大海。她甚至经常把这一切当作大海。后来，她才明白这是黎明，只不过，她把黎明误认为大海。黎明、大海，这些都使她萌生睡意。

丽娃躺着，双手抚摸头发

既然她并没有弃世而去，苟活至今，头发便又长了出来。生命真顽强。黑夜、白天，她的头发在生长。裹在头巾里悄然生长。我轻轻抚摸我的脑袋。现在摸起来好多了。因为头发已长长，不再扎手了。

丽娃在内韦尔被剃光头

他们正在剪她的头发。

他们几乎漫不经心地做这件事。应该剪去她的头发。那就剪吧。确实，我们在别的地方还有许多其他事情要做。不过，我们要尽到责任嘛。

这儿拂过一阵从广场吹过来的热风。但是，它还是比别的地方凉快些。

被剃了光头的姑娘是药剂师的女儿。她几乎把自己的头送到剪子里去，仿佛要协助已经备好的自动装置进行操作。把头发剪掉有益于脑袋。这样可以减轻分量嘛。（她身上全是一缕缕剪下的头发。）

他们在法国某地也剃别人光头。而在这儿，是药剂师的女儿。《马赛曲》随着傍晚刮起的风远远飘来，一直回响在长廊，鼓励他们行使这仓促制订的愚蠢的司法权。他们没有时间使自己变得聪明些。长廊好比一个没有任何节目演出的舞台。什么也没有。也许本来可以表演些什么，只不过没有进行罢了。

剃了光头后，姑娘还等在那儿。她任凭他们摆布。这座城里曾有人行事邪恶，所以现在以牙还牙，大有裨益。真让人胃口大开。得让这姑娘走开。这件事真可恶，也许还令人恶心。因为她看上去还要赖在这里，得把她赶走。他们像赶老鼠那样驱逐她。但是，她无法很快地爬上台阶，不能像他们所希望的那样快快拾级而上。好像她有的是时间。好像她还在等待尚未发生的别的事儿。她不得不挪动身子，向前迈步，她几乎为此而惆怅万分。她发现台阶边上的扶手原来是为了帮助走路而造的。

半夜里，被剃了光头的丽娃回到家中

丽娃看着母亲朝她走来。她的眼神流露出："真想不到你把我生到这世上来是为了这个。"然而，最正确地解释她的眼神所表达的意思应该是："这究竟是什么意思？"

丽娃也许稍稍蹙眉询问苍天，询问母亲。她确实已心力交瘁。当母亲来到她身旁时，她力不胜支，晕倒在母亲的怀里。但她的眼睛还睁开着。

此时，丽娃和母亲之间仅仅是肉体上的接触。母亲熟练地把丽娃抱着。她深知孩子的体重。丽娃靠在母亲怀里，从小她就有这个习惯，一有伤心事便靠在那里直到平静下来。

丽娃感到发冷。母亲摩擦她的双臂和后背使她暖和起来。她无意识地亲吻着孩子被剃光了的头。心里空落落的，什么感觉也没有，连一丝悲哀也没有。她的孩子还活着，相对来看，这可是不幸中的大幸。她把孩子带回家。她完全是把丽娃拉回去的。当时，丽娃仿佛死去一般，痴痴呆呆，不知迈步。必须用力把她从那棵树旁拉走。

丽娃的肖像。她恢复了理智

丽娃在室内兜圈子。时间悄然而逝。

现在，她精神错乱。她必须走动走动。于是，她便在室内兜圈子。她走的圆圈慢慢合拢。但是，它即将爆裂。已经到了忍无可忍的时刻。

丽娃的脸像抹了一层石膏似的漠无表情。这张脸已有好几个月没见人了。她的双唇变得单薄。眼神木然。身体也不再有什么别的意义。丽娃的身体只是在她转圈时用来支撑脑袋。她还在呼唤他，但每一声呼唤都间隔很长，十分缓慢。仅仅是回忆中的回忆。她的躯体已肮脏不堪，无人问津。她快要获得自由，这就好了。禁锢的圆圈行将爆裂。她打破了臆想中的秩序，颠倒那些事物；从反面来观察它们。

丽娃的疯狂

当她凝视着房间的下墙角，辨认出某些东西时，她的嘴唇颤抖不已。她是在微笑还是在哭泣？反正都是一回事。她在聆听，好像在酝酿什么卑劣勾当。但并非如此。她只是在聆听圣艾蒂安教堂的钟声。心中凄苦欲绝。她倾听着城里发出的声音。然后又重新转起圈来。突然，她伸了一下懒腰。渐渐恢复的理智使她惊恐不安。她用脚踢，要踢掉什么？憧憧人影。

中午，丽娃来到卢瓦尔河畔

丽娃犹如一朵鲜花来到河畔的石阶上。

她穿着一条又短又肥的裙子，遮盖着刚发育好的大腿和胸脯。

清晨，丽娃外出，来到卢瓦尔河畔

他们放我外出。我疲惫不堪。他们说，我太年轻，不该这样痛苦。他们说，今天天气宜人。他们说，我被关在地下室已有八个月之久。现在，我的头发长了。没有人路过这儿。我不再害怕了。好，就这样。我不知道我准备干什么……母亲为此特别注意我的身体。我也很当心我的身体。他们说，不应该过多地观看卢瓦尔河。我偏要盯着它。

人们在桥上来来往往。有时，平庸无奇也能激动人心。他们说，现在已是和平时期。就是这些人剃了我光头。没有人剃我光头。是卢瓦尔河缠住了我的眼睛。我瞅着它，再也无法收回我的目光。我头脑空空，什么也不想。什么秩序不秩序的。

夜里，丽娃到了巴黎

什么秩序不秩序的。我该走了。我动身上路，按新建立的秩序去生活。除了生存下去，我再也不可能有别的什么。就这样吧。

温馨的夜晚。我离开了卢瓦尔河。卢瓦尔河依然是每条道路的尽头。耐心点吧。卢瓦尔河将从我的生活中消失得无影无踪。

内韦尔

（供提示用）

丽娃本人叙述她在内韦尔的生活

晚上七点钟，圣拉扎尔[①]大教堂鸣钟报时。药房关上了门。

我在战争中长大成人。尽管我父亲每天晚上都同我谈论战争，我却并不对此多加注意。

我刚从学校毕业，就在药房里帮我父亲工作，当他的助手。我母亲[②]住在南部某省。每年，我利用假期去看她几次。

无论冬夏，无论在占领期间的寒夜还是在六月阳光明媚的白天，药房一向是七点关门。我总觉得关门太早。店门关上后，我们就上二楼。电影院里放映的影片几乎全是德国片，所以，父亲不许我去看电影。夜里，从我房间往外眺望，战神广场在窗下显得更加宽阔。

市政厅前没有悬挂旗帜。我必须追忆到童年时代才能想起路灯点亮的情景。

他们越过了自由区和占领区之间的界线。

敌人来了。德国人总是按时唱着歌穿越战神广场。有时，他们当中会有人到药房来。

这里也实行了宵禁令。

后来发生了斯大林格勒大战役。

有些人在城墙根那儿被枪毙。

有些人被关进集中营，有些人跑出去参加抵抗组织。也有人苟安留下，惶惶终日但过着阔绰的生活。黑市买卖比比皆是。圣……郊区工人的孩子们饥肠辘辘，濒临死亡。然而，“大牡鹿”饭店里却照样有人在吃肥鹅肝。

---

① 在这一部分，作者把圣艾蒂安大教堂误写成圣拉扎尔大教堂。

② 丽娃的母亲是犹太人（或者同其丈夫分居）。——原注

我父亲把药送给圣……郊区的孩子们。我每周两次在药房关门后去学钢琴时给他们带去。偶尔，我回家很晚，父亲便站在百叶窗后等我。有时，晚上，父亲还要我给他弹钢琴。

我弹完琴后，父亲就变得缄默不语，流露出绝望的神色。他在想念我的母亲。

在敌人的铁蹄下，我们整天胆战心惊。即便这样，每当晚上我弹完琴后，总感到青春的活力在我的胸膛里骚动。然而，我什么也没对父亲说。他告诉我，我是他惟一的慰藉。

城里的男人只有德国人。当时我已十七岁。

战争遥遥无期，我的青春也漫无止境。我既摆脱不了战争，也摆脱不了我的青春。

各种各样的道德规范已经搅得我心烦意乱。

星期天就是我的节日。我骑着自行车，穿城到埃齐去弄些我生长发育必须食用的黄油。我顺着涅夫勒河①走，有时，我半路停靠在树下，为

---

① Nièvre，卢瓦尔河的小支流，流经与之同名的涅夫勒省。

这漫长的战争深感烦躁。然而，尽管身经这场战祸，尽管入侵者近在咫尺，我还是长大成人了。我总是喜欢观看这潺潺的河水。

一天，一名德国兵到药房来包扎他烧伤的手。当时，店里只有我们两个人。我便按照学过的方法，满怀着仇恨替他包扎。敌人居然向我道了谢。

后来，他又来了。我父亲也在场，他叫我动手照料来客。

我当着父亲的面又替他包扎了手。按照别人教我的那样，我没有抬头朝他看。

然而，就在这天晚上，我感到特别厌倦战争。我把这想法告诉了父亲。父亲只字不答。

我弹钢琴。然后，我们熄了灯。父亲叫我关上百叶窗。

广场上，有一个年轻的德国人背靠着树，站在那儿，手上包着绷带。因为他手上的绷带在黑暗中显现出一团白色，所以尽管天色漆黑，我还是认出了他。我父亲走过来关上了窗户。我明白，这是生平第一次有一个男人在聆听我的琴声。

翌日，这个人又来了，这次，我看见了他的脸庞。我怎么能够忍住而不看他呢？我父亲走向前来，把我拉开，对这个敌人说，他的手不再需要任何护理。

这天晚上，我父亲特意关照我不要再弹钢琴。晚餐时，他酒喝得比往常更多。我听了父亲的话。但我以为他有点儿犯傻。我想他或是喝醉了或是在犯傻。

我父亲曾挚爱我的母亲。他非常狂热地爱过她，而且始终在爱她。他一直因为分居而十分痛苦。自从母亲离开后，我父亲就开始喝上了酒。

有时，他去看我的母亲，便让我照管药房。

第二天，父亲出门了，并没同我提起昨夜那件事。

这一天是星期日。天正下雨。我去埃齐农场。如同往常那样，我停靠在河边的一棵白杨树下。

过了一会儿，这个敌人也来到树下。他也骑了辆自行车。他的手已经痊愈。

他无意离去。雨还在下着，越来越大。后来，太阳在密密细雨中露了出来。他不再看我，但微笑着叫我留意夏天里有时会一边出太阳一边下雨的。

我一言不发。不过还是抬头看了看这雨天。

他告诉我，他一直尾随我到此地。他不会就此离去。

我又动身上路。他追随在后。

整整一个月，他就一直这样跟着我。我再也不在河边逗留。永远也不了。然而，他每个星期天都待在那儿。我怎么能不知道他在那儿等我呢。

我对父亲只字不提。

从此，我白天黑夜情思昏昏，梦想着一个敌人。

在我的梦里，不道德与道德纠缠在一起，不久便搅得我分辨不清是非。那时，我二十岁。

一天晚上，在圣……郊区，正当我在一条街上拐弯时，有人抓住我的肩膀，原来是这个敌人。时值七月的夜晚，八点半，天色已黑，所以我事先没见到他到来。

我们在小树林、在谷仓、在废墟中相会。后来，就在房间里。

一天，父亲收到一封匿名信。敌军开始溃退。当时正是一九四四年七月。但是我对父亲否认一切。

还是在沿河栽种的白杨树下，他告诉我即将动身的消息。翌晨，他就要乘卡车去巴黎。因为，战争即将结束，他感到很庆幸。他又同我谈起了巴伐利亚。我要到那儿同他重逢。我们要在那儿举行婚礼。

城里已经有人在放冷枪。人们揭去了黑窗帘。电台里日以继夜地播送新闻。离城八十公里远的地方，已有德军车队遭到袭击，覆没在沟壑里。

但是，我把这个人区别于其他敌人。

这是我的初恋。

我再也不能看清他的躯体和我的躯体有什么任何细微的区别。我只觉得他的身体和我的身体出奇地相似。

他的身体变成了我的身体，我再也无法辨别。我已变成一个非理性的人。面对所有可能提及的那些反对我这样缺乏理智的论证，我都要一一加以驳倒，当然，就如同推倒那一触即溃的，用纸牌搭起的房子那样轻而易举，正像驳斥那些纯粹凭空想象出来的理由那样干脆利落。让那些从未像我那样丧失理性的人首先谴责我吧。我再也没有祖国了，我只有爱情。

我给父亲留下一封短信。告诉他匿名信中所说的全是真话：六个月以来，我一直在同一名德国兵相爱。如今，我要跟他去德国。

在内韦尔，抵抗组织已接近敌军驻地。城里再也没有警察维持治安。我母亲回来了。

他第二天动身。我们说好由他用卡车带走我，把我藏在掩人耳目的防雨布下。我们以为从此可以永远不再分离。

我们又一次在旅馆相会。拂晓时分，他去圣拉扎尔大教堂那儿回到他们队伍的宿营地。

我们得在中午时到卢瓦尔河畔见面。当我中午到达卢瓦尔河畔时，他还没有完全咽气。有人从河畔的一座花园里向他开枪。

我在他身上趴了整整一天一夜。

翌日，有人来收尸，把他放在卡车上运走。就在当天夜里，内韦尔解放了。圣拉扎尔教堂的钟声响彻全城。我想，是的，我听见了钟声。

他们把我关进战神广场的一座仓库里。在那儿，有人说应该把我剃光头。我毫不在意。头顶上剪刀咔嚓作响，我却听而不闻，漠然置之。剃完光头后，有一个三十来岁的男子把我带到街上，有六个男人唱着歌围住我。我无知无觉。

我的父亲站在百叶窗后，想必看见了我。因为我伤风败俗，药房关了门。

他们又把我带回战神广场的那间仓库。他们问我打算怎么办。我说我无所谓。于是，他们便劝我回家。

时已半夜，我越过花园的墙。夜色真美。我躺在草地上想就此了结生命。但是，我没有死。我感到冷极了。

我久久地呼唤妈妈……约凌晨两点时，百叶窗透出了亮光。

他们只当我是死人。于是，我就在药房的地下室里生活。我能看见行人的脚，晚上，我可以看到战神广场那长长的平面曲线。

我疯了。我凶得发疯。我好像还朝母亲脸上吐唾沫。我的头发慢慢长出来了。我对这段时期只有些许模糊的记忆。只记得我曾经朝母亲的脸上吐唾沫。

嗣后，我渐渐地觉察出白天和黑夜的区别，知道大约下午四点钟，阴影便会蔓延到地下室的墙角。我还感到冬天又过去了。

有时，家里的人允许我在深夜披上带风帽的斗篷外出。独自一人。骑着自行车。

等了一年的时间，我的头发才长长。我还在

想，要是那些剃我光头的人事先想到长头发需要那么多时间，他们在剪我头发时大概也会有所犹豫的。由于人们缺乏想象力，致使我出尽洋相，名誉扫地。

一天，我母亲照常来给我送饭。她对我说，我应该离开此地。她给了我钱。

我骑车去巴黎。路途遥远，气候炎热。正值夏令时节。直到第三天早晨，我才到达巴黎。当时所有的报纸上都登着“广岛”这个名字。这是轰动一时的新闻。我的头发已长得够体面了。并没有人被剃过光头。

日本人的肖像

这是个四十来岁的男人，身材高大，脸型有点“西方化”。

选择一位长相有点西方化的日本演员的意图大概可以作如下解释：

一个具有非常突出的日本人特征的男演员很可能使观众以为，正因为那主人公是个日本人，法国女人才被他吸引。这样，不管我们愿意与否，都会堕入“异国情调”的陷阱，并且会受到所有“异国情调”都不由自主必然具备的种族主义的影响。

不应该让观众说：“日本男人多有魅力啊！”而要让他们说：“那个男人真有魅力。”

所以，最好缩小两位主人公外貌的差别。如

果观众念念不忘这是个有关一个日本男人和一个法国女人的故事，那么影片就不存在其深刻的意义，如果观众忘记了这一点，那么，这一层深刻的意义也就体现出来了。

蝴蝶先生已不时兴，巴黎小姐也已过时。必须依靠现代社会的平等作用。为了阐述这一点，甚至可以弄虚作假。否则，拍一部法国-日本电影又有什么意思呢？应该使这部法国-日本电影看上去决不是法国-日本电影，而是一部非法国-日本电影。能做到这一点就是胜利。

从侧面看，他几乎可能像个法国人。高额头，大嘴巴，嘴唇的线条分明而生硬。脸上丝毫没有矫揉造作的表情。从任何角度来看，他面部的线条都不会是模糊不清（优柔寡断）的。

总之，他是个“国际”型的人。他的吸引力应该是一眼就被看出。因为他具备了那种年富力强却又不曾未老先衰，也不要弄花招的男人才有的魅力。

他是工程师，但也搞政治。这并非偶然。技

术是国际性的，而政治协作活动也不例外。这个男人是新式人物，关键方面则谙于世故。所以，无论在哪个国家，他都能应付自如。

从体力和精神上看，他都符合他的年龄。

对待生活，他并没有采取玩世不恭的态度。他不需要这样做：这是一个对自己的生活总是相当感兴趣的男人，所以，他从不抱憾缅怀逝去的青春，因为这样常常会使四十岁的男人变得像那些不踏实的年轻人一样，还在探索怎样做才能显得对自己充满信心。然而他，要是他对自己没有把握，那也是有其充分的理由的。

他并不是个大献殷勤的风流男子，可也不是不修边幅的人。他不是追逐女人的色鬼，他有一个他挚爱的妻子和两个孩子。然而，他喜欢女人。不过，他不是那种以“专讨女人欢心”为营生的男人。他认为那是一种“被雇佣的”、卑劣的生涯，而且也令人怀疑。从来没领略过女人（哪怕只有一个）的爱恋的人是不懂得爱情的，甚至可以说，他不是真正的男人。

正因为这样，他才与这个年轻的法国女人有了一段真正的恋情，即便她就要回国。因为，他不相信逢场作戏的恋情有什么功效，因为他怀着这样诚挚而炽烈的感情和这个法国女人一起经历了一次萍水相逢的恋情。

法国女人的肖像

她三十二岁。

她漂亮，但更富于魅力。

用某种方式说，我们也可以称她“风采动人”。在她身上，从她的言谈举止，一切“都通过她的眼神表现出来”。

这种眼神是漫不经心的。这个女人只为自己而看。她的眼神并没使她举止行为神圣化，它往往超过她的行为所表露的东西。

毫无疑问，热恋中的女子都有一对漂亮的眼睛。然而，这个女人，爱情使她比别的女人更早地陷入内心紊乱的境地（故意选择了司汤达式的字眼）。因为，她比其他女性更“钟情于爱情本身”。

她明白人并不能为爱情而死。在她的一生中曾有过一次为爱情献出生命的大好时机。然而，她并没死在内韦尔，从那时起直至今日，身在她遇到这个日本男人的广岛，她都犹如获准缓刑的人怀着“淡淡的哀愁”，缅怀着那次决定命运的惟一机会。

并非被剃了光头、身败名裂这一事实在她的生活中留下了深深的痕迹，而是我们刚提到的那次失败使她耿耿于怀：一九四四年八月二日，她没有在卢瓦尔河畔殉情身亡。

这与她在广岛对待那日本人的态度并不矛盾。相反，二者有着直接的联系……她向日本人叙述的，就是她曾失去的那次机遇，她在失去那次机遇的同时，改变了个性，成为现在的她。

对于那次坐失良机的叙述完全使她超脱了自我，把她带到这个刚结识的男人身边。

完完全全地委身于人。就是这样。

这不仅相当于一种激情的占有，而且等于举行了一次婚礼。

在广岛，她把她所拥有的最宝贵的东西——她现在表达的激情本身，内韦尔的爱情夭折后幸存的爱——献给了这个日本人。

Marguerite Duras
Hiroshima mon amour

© Éditions Gallimard, Paris, 1960

All rights reserved
All adaptations are forbidden.
Sale is forbidden outside of the People's Republic of China.

图字：09－2005－142 号

图书在版编目（CIP）数据

广岛之恋 /（法）玛格丽特·杜拉斯（Marguerite Duras）著；谭立德译. -- 上海：上海译文出版社，2025. 8. -- ISBN 978-7-5327-9866-7

Ⅰ. I565.35

中国国家版本馆 CIP 数据核字第 2025075AC2 号

广岛之恋	玛格丽特·杜拉斯 著	责任编辑 李月敏
		装帧设计 汐和 at compus studio
Hiroshima mon amour	谭立德 译	封面插画 boho

上海译文出版社有限公司出版、发行
网址：www.yiwen.com.cn
201101 上海市闵行区号景路 159 弄 B 座
浙江新华数码印务有限公司印刷

开本 890×1240 1/64 印张 3.875 插页 6 字数 40,000
2025 年 8 月第 1 版 2025 年 8 月第 1 次印刷

ISBN 978－7－5327－9866－7
定价：55.00 元

本书版权为本社独家所有，未经本社同意不得转载、摘编或复制
本书如有质量问题，请与承印厂质量科联系，T：0571－85155604